3年B組 金八先生

光と影の祭り

小山内美江子

高文研

◆本書に登場する3年B組生徒（上段：配役名）

小塚　崇史
（鮎川　太陽）

笠井　　淳
（上森　寛元）

江口　哲史
（竹下　恭平）

麻田　玲子
（福田　沙紀）

小村　飛鳥
（杉林　沙織）

金丸　博明
（府金　重哉）

大胡　あすか
（清浦　夏実）

安生　有希
（五十嵐　奈生）

島　健一郎
（筒井　万央）

狩野　伸太郎
（濱田　　岳）

小川　比呂
（末広　ゆい）

飯島　弥生
（岩田　さゆり）

清水　信子
（寺島　　咲）

倉田　直明
（今福　俊介）

小野　孝太郎
（竹内　友哉）

稲葉　舞子
（黒川　智花）

◆本書に登場する3年B組生徒（上段：配役名）

姫野　麻子
（加藤　みづき）

長坂　和晃
（村上　雄太）

田中　奈穂佳
（石田　未来）

杉田　祥恵
（渡辺　有菜）

丸山　しゅう
（八乙女　光）

中澤　雄子
（笹山　都築）

坪井　典子
（上脇　結友）

鈴木　康二郎
（藪　宏太）

中村　真佐人
（冨浦　智嗣）

富山　量太
（千代　將太）

園上　征幸
（平　慶翔）

西尾　浩美
（郡司　あやの）

中木原　智美
（白石　知世）

高木　隼人
（結城　洋平）

山があれば、谷があり、
海があって、陸がある。
夜があれば、昼があり、
冬があって、夏がある。

人生もまた同じ。
光もあれば、影《かげ》もある。

憂鬱《ゆううつ》な日がつづいても、
暗闇《くらやみ》の日がつづいても、
ほら、目をこらしてごらん、
闇《やみ》の向こうにポッツリと
光の赤ちゃんが生まれてる

もくじ

Ⅰ　金八先生、桜中学へ帰る――5
Ⅱ　とんでもないクラス――25
Ⅲ　スペシャルな転校生――53
Ⅳ　兄と弟のいる風景――81
Ⅴ　闇の中の漂流――115
Ⅵ　勝負のゆくえ――161

Ⅰ　金八先生、桜中学へ帰る

担任している２Ｂを年度の終わりまで受け持つと頑張っていた花子先生だが、ある朝、学校に向かう途中、突然、陣痛に襲われ、倒れ込んでしまった。

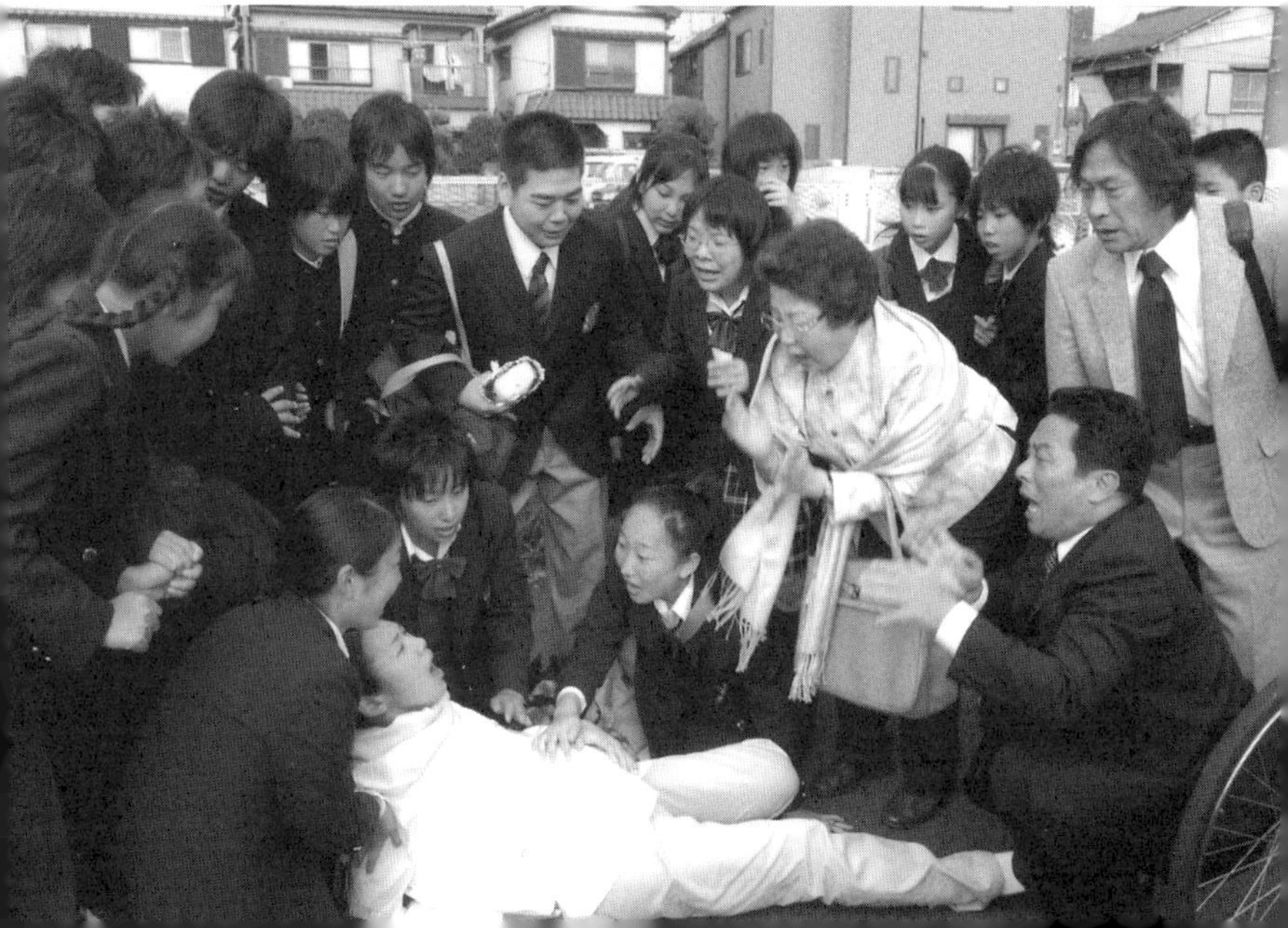

荒川《あらかわ》の土手《どて》を吹き上げる風が、ここ何日かの間にすっかり温《あたたか》くなった。どこに咲いているのか、風に沈丁花《じんちょうげ》の香りが混《ま》ざっている。金八先生は通勤の道を急ぎながら、その香りの中に懐《なつ》かしさとかすかな痛みを嗅《か》いだ。

中学では巣立《すだ》ちの日までカウントダウンのはじまるこの時期、次々と進路が決まっていく中で毎年クラスに一人や二人は最後まで気を揉《も》ませる生徒がいたものだ。三〇人の教え子がそろってそれぞれのスタートラインに立てるようにと、三B時代の金八先生は幾《いく》たび胃の痛い春を迎《むか》えたかわからない。

わが家同様に馴染《なじ》んだ教壇《きょうだん》を離れてから、早くもまる二年がたとうとしている。桜中学から区の教育委員会へ、和田教育長の指示で移った金八先生は、今は受験最前線からは離れている。しかし今朝の金八先生は、ほかの三年生の担任同様、朝食がなかなか喉《のど》を通らなかった。というのも、今日は、一人息子《ひとりむすこ》の幸作《こうさく》の大学合格発表の日なのだ。高二のときに白血病《はっけつびょう》をわずらい、生死の境《さかい》をさまよった幸作は級友たちより一年遅れて受験生となったが、すでに受験した大学のいくつかにふられていた。今日の大学が最後の頼みの綱《つな》だ。

「桜、咲いてくれよな」

金八先生は祈《いの》るように、土手の桜の木を見上げた。風にふかれて揺《ゆ》れているつぼみはまだ硬《かた》そうだ。

「おはようございます。教育委員会改革推進課殿《かいかくすいしんかどの》！」

金八先生の物思《ものおも》いを破《やぶ》ったのは、社会科のベテラン教師、元同僚の北《きた》先生の声だった。国井《くにい》教頭と並んでの出勤である。

「幸作くん、今日でしたよね」

「大丈夫！　彼なら余裕《よゆう》、余裕ってね」

朝から元気に満ちた北先生の言葉に、金八先生は無理やり微笑《ほほえ》んだ。駅へ出る金八先生は、桜中学時代の通勤路《つうきんろ》を逆行《ぎゃっこう》して歩くことになる。偶然、高校の制服に身を包《つつ》んだ元三Bの面々と会って、連《つ》れ立《だ》って駅まで行くこともある。時間によっては笑いさざめく桜中学の生徒たちや元同僚とすれ違うことも多く、そんなとき金八先生は笑顔で挨拶《あいさつ》を交《か》わしながらも、いまだに輪から外《はず》されたような寂《さび》しさをぬぐいきれないでいた。

今朝は念入《ねんい》りに里美《さとみ》先生の遺影《いえい》に幸作の合格を祈願《きがん》していたせいか、土手の通学ラッシュにぶつかってしまったようだ。向こうから続々と桜中学の制服の群《む》れがやってくる。ひときわにぎやかなグループの真ん中に花子先生の姿が見えた。幸作が中三のときに新任でやってきた花子先生は、男子生徒のアイドル的存在だったが、数学の非常勤で桜中学へ来ていた小林先生と結婚して苗字《みょうじ》も変わり、華奢《きゃしゃ》だった体も、この春に出産をひかえて今では以前の倍もありそうだ。がんばり屋で負けん気が強いところは相変《あいか》わらずで、産休《さんきゅう》をぎりぎりまでのばして二年生を年度の終わりまで受け持つのだという。

この体で毎日三〇人の中学生と対峙《たいじ》するのは相当きついに違いないが、頬《ほお》の輪郭《りんかく》も少しふっくらした花子先生の笑顔は以前にまして幸せそうだ。B組の女生徒たちが、その周りを飛び跳《は》ねるようにして、花子先生の突き出たおなかを撫《な》でたり、胎内《たいない》で耳をすませているであろう赤ん坊に話しかけたりしてはしゃいでいるようだ。が、突然どよめきとともに甲高《かんだか》い叫び声があがった。

「誰かーっ！」

思わず、金八先生は目をこらしたが、さきほどの花子先生の姿が見えない。次の瞬間、ダッと駆け出したのは国井教頭だった。

「陣痛《じんつう》よ！　陣痛ですよ！」

走り寄ってみると、花子先生が低くうめきながらうずくまっている。おろおろする生徒たちをかき分けるようにして、国井教頭は花子先生の体に手を回した。

「落ち着いて、呼吸《こきゅう》を！」

そうするうちに、花子先生をとりまく人だかりが膨《ふく》れ上がっていく。騒《さわ》ぎを見つけた英語科の小田切《おだぎり》先生が轟音《ごうおん》とともに愛車のバイクで近づいてきた。必死で自転車を漕《こ》ぐ大森巡査《じゅんさ》の姿も見える。

「どうかしましたかぁ？」

「早くっ、救急車！」

一同が集まる通勤時間だったのが幸《さいわ》いして、皆の連係《れんけい》プレイで、花子先生はあっという間に病院へ運ばれていった。大森巡査が交通整理をかって出たので、通学路にもさして混乱は起こらなかったし、救急車の手配《てはい》がすむと同時に、ライダー小田切は小林先生の勤務する隣りの楓《かえで》中学へバイクをとばしていった。金八先生は、花子先生を励《はげ》ますだけで精いっぱいの国井教頭に続いて救急車に乗り込んだ。

少々フライング気味《ぎみ》ではあったが、新しい命のニュースは嬉《うれ》しいものだ。桜中学の職員室はいつになく浮き立って、花子先生に娘や教え子の面影《おもかげ》を重ねるベテラン教師たちはもとより、独身《どくしん》の遠藤先生までもそわそわと歩きまわっている。ただ一人、千田《せんだ》校長だけが、苦虫《にがむし》を噛《か》み潰《つぶ》したような顔で、花子先生の空《から》っぽの椅子《いす》をにらみつけた。

「だから早めに産休《さんきゅう》を取れと言ったのに。まったく、道ばたなどでみっともない！」

その声は軽い嫌悪《けんお》と軽蔑《けいべつ》のトゲを含《ふく》んでいる。養護《ようご》の本田《ほんだ》先生が校長の方を振り向いた。

「道ばたではありません。教頭先生が付《つ》き添《そ》って、ちゃんと病院へ運ばれました！」

「とにかく私は、でかい腹で仕事をする女性の姿を好《この》みませんな」

千田校長は片方の眉《まゆ》だけをかすかにピクリと動かすと、いつものように切り捨てる口《く》調《ちょう》で答えた。

「セクハラです！」

いきり立つ本田先生を無視して、校長は隣りの校長室へ姿を消した。いつもなら間に入るはずの国井教頭も今は病院だ。まずは、突然空《あ》いた花子先生の穴を埋《う》めなければならない。乾《いぬい》先生はすれちがいざまに本田先生の肩《かた》を励《はげ》ますようにポンとたたいて、二年B組に向かった。

案《あん》の定《じょう》、二Bの教室からは階段のあたりまで生徒たちの騒ぐ声が響《ひび》いていた。花子先生のがんばりも空《むな》しく、今年の二Bは教師たちの間でも〝桜中学きっての騒がしいクラス〟として通《とお》っている。乾先生が教室のドアを開けると、生徒たちは席につくどころか、逆にわっと乾先生を取《と》り囲《かこ》んだ。

「ねぇっ、花ちゃんの赤ちゃん生まれたの？」

「どっち？　どっち？　男の子？　女の子？」

乾先生は、うるさく群《むら》がる生徒を脇に押しやり、チョークをたたきつける勢いで黒板に「自習」と大書《たいしょ》した。途端《とたん》に、ワーッと歓声《かんせい》があがった。

ライダー小田切《おだぎり》に送られ、もうすでに半パニック状態の小林先生が駆けつけたのを見届《みとど》けて、金八先生は病院を後にした。大幅《おおはば》な遅刻《ちこく》だ。それに、幸作もそろそろ大学へ着いて合格者番号の張り出された掲示板《けいじばん》を見ている頃だ。桜が咲いても散っても連絡を必ず入れること。三Ｂ時代、生徒たちと交《か》わした約束を金八先生はふと思い出した。もうずっと昔になるが、合格発表から遺体《いたい》で帰ってきた青年に無残《むざん》な思いで手をあわせたことがある。初代三Ｂの教え子の兄で、生真面目《きまじめ》で優秀な青年だった。

ポケットの携帯電話が鳴って、金八先生はどきりとした。文字盤《もじばん》に「自宅」の二文字が浮かんでいる。

「もしもし、私。もう出かけなきゃならないんだけど、幸作からの連絡来た？」

乙女《おとめ》もやきもきしながら、家で弟の電話を待っていたらしい。金八先生が連絡がないことを告《つ》げると、受話器の向こうからため息が聞こえた。

昼になっても幸作からの連絡はなかった。金八先生は何度もケイタイを取り出して確かめたが、どこからも「着信」のサインはない。

病院では、花子先生が汗《あせ》みどろで、新しい命を送り出そうとたたかっている。ちょうど、そのとき、幸作はひとつの命の終わりに立ち会っていた。

合格発表の掲示板の前にはかなりの人が集まっていたが、長身の幸作はその頭越《あたまご》しに番号に目を走らせた。上から下へ。もう一度、下から上へ。何度見ても、幸作の番号はない。傍《かたわ》らにいた少女が嬉《うれ》しそうな声をあげて友だちに抱きつくのを、幸作は横目で見て、その場を離れた。

友だちはこの春大学二年になろうかというのに、自分は浪人だと思うと、楽天主義者《らくてんしゅぎしゃ》の幸作もさすがに泣きたい思いだ。家に電話をかける気力も出ず、ほとんど茫然《ぼうぜん》として来た道を引き返してきたときだ。数メートル先のアスファルトへ、乾《かわ》いた音をたてて転《ころ》がったものがある。誰かが小石でも蹴《け》ったのかと見回したが、それらしい人影《ひとかげ》はない。すると、もう一度、パラパラと前方に砂らしきものが降《ふ》ってきた。不思議に思って空を見上げた幸作は、息《いき》をのんだ。

五階建ての校舎《こうしゃ》のてっぺん、それもかなりきわどい場所に青空を背《せ》にして誰かが立っている。逆光《ぎゃっこう》で顔は見えないが、目をこらすと、少し曲がった背中の輪郭《りんかく》に見覚《みおぼ》えがあるような気がする。

「……渡辺?」

幸作の頭に浪人中の予備校仲間の顔が浮かんだ次の瞬間、屋上《おくじょう》の人物は両手を羽《は》ばたくように大きく広げ、膝《ひざ》を少しかがめたかと思うと、空へ向かってダイブした。一瞬、宙《ちゅう》に浮いた細い体はあっけなく回転し、ねじれた下降線《かこうせん》を描《えが》いた。

重い麻袋《あさぶくろ》が落ちるような鈍《にぶ》い音。絹《きぬ》を裂《さ》く悲鳴《ひめい》と走り寄るいくつもの足音。壊《こわ》れた人形のように、普通ではあり得《え》ない角度に手足を折り曲げて横たわる友人の体を瞳《ひとみ》に焼きつけたまま、幸作はその場に凍《こお》りついていた。

結局、幸作からの連絡はなく、夕方になって、金八先生は和田教育長に呼び出された。和田教育長は桜中学の元校長で、金八先生が現在の千田《せんだ》校長と派手《はで》に衝突《しょうとつ》して桜中学を追われそうになったとき、現場主義の金八先生を説得して教育委員会の仕事へ引き入れた張本人《ちょうほんにん》である。信頼《しんらい》する和田校長の言葉でなければ、「生涯一教師《しょうがいいちきょうし》」が口癖《くちぐせ》の金八先生は、教壇《きょうだん》を離れることはなかっただろう。教育長室で差《さ》し向《む》かいに座《すわ》った金八先生に、和田教育長はおだやかに切り出した。

「桜中学の小林花子先生の後任《こうにん》教師の件ですがね、それを坂本先生にお願いしたいと思いましてね」

「しかし、後任の金子先生とはもう面接を済《す》ませておりますが」

金八先生のけげんそうな顔を見て、和田校長の眼鏡《めがね》の奥の瞳《ひとみ》はいたずらっぽく光っている。

「そうではあるのですが、金子先生とは新学期からという契約《けいやく》でしたのでね」

「ええ、花子先生は二年B組の終業式まで勤《つと》められて、産休《さんきゅう》に入る予定でしたから……」

和田教育長は上機嫌《じょうきげん》でうなずいた。

「しかし、これは明日からのことですからね。懸案《けんあん》の来年度に向けて、桜中学を理事会《りじかい》制度《せいど》の学校として新しくスタートさせるための布石《ふせき》としては、今回の坂本先生の赴任《ふにん》は、望《のぞ》んでもめぐっては来なかった絶好《ぜっこう》の機会《きかい》だと思われませんか」

「あ……、それはもう」

何気《なにげ》ない口調《くちょう》とは裏腹《うらはら》に教育長の意思《いし》がもっと深いところにあるのを感じて、金八先生は思わず背筋《せすじ》をただして座《すわ》り直《なお》した。単なるピンチヒッターではなさそうだ。ひょっとしたら、金八先生が教育委員会へ来た日から、和田教育長はこの日のことを念頭《ねんとう》に入れ、壮大《そうだい》な計画を練《ね》っていたのかもしれなかった。

「学校の雰囲気《ふんいき》は、坂本先生在籍中とはかなり変わったということは、お聞き及《およ》びの通りです。地域《ちいき》の要望《ようぼう》を受け入れるならば、ひと悶着《もんちゃく》もふた悶着もあって校長を交代《こうたい》させるよりはですね、千田《せんだ》校長がわれわれの考えを理解してくれたら本当にありがたいのです。坂本先生には、そのあたりの対策《たいさく》と地《じ》ならしを、ぜひお願いしたい。ほかに適役《てきやく》はおらんでしょう？」

あの千田校長のもとへ戻るとなると、それこそひと悶着どころではすまないことは、金八先生にはわかっている。金八先生と千田校長はまったく水と油だった。千田校長に言わせれば「問題のある」生徒を、金八先生はクラス中を、ときには学校中を巻《ま》き込んで、抱《だ》きとめた。今よりも性《せい》の問題がタブー視されていた二十数年前、女生徒・雪乃《ゆきの》が妊娠《にんしん》したとき、金八先生は他の先生たちに呼びかけて、真正面《ましょうめん》から性と人間の尊厳《そんげん》とを教える〝愛の授業〟を決行《けっこう》した。

二年前、三Bで「性同一性障害《せいどういっせいしょうがい》」に苦しむ生徒・直《なお》を受け持ったときも、金八先生は直とともにその問題について学習し、共に悩みながら、養護の本田《ほんだ》先生や、国井《くにい》教頭、乾《いぬい》先生など古い同志に助けられ、第二の〝愛の授業〟を展開した。性教育どころかジェンダーフリーなどとんでもない、と千田校長が許すわけのない授業を、金八先生たちは「卒業前の総合学習」として、いわば千田校長の裏をかいた形で強行《きょうこう》した。生徒たちの行った討論会で設《もう》けられた傍聴席《ぼうちょうせき》には、他の教師たちや保護者の姿もあった。

こうして、孤独《こどく》だった直は三Bで生まれて初めて友人を得《え》、級友《きゅうゆう》や大人たちに祝福《しゅくふく》、激励《げきれい》されて桜中学を卒業した。直のあとには、男女の制服の自由選択という新しい道もできた。

これら一連《いちれん》のことがすべて、千田校長の神経を激しく逆撫《さかな》でしたのはいうまでもない。校長の憤懣《ふんまん》は卒業式の日に噴《ふ》き出し、それに対して激しい反発が起きたので、この年の卒業式は混乱をきわめた。その際《さい》、直を筆頭《ひっとう》に生徒も保護者も、さらには卒業生までもが団《だん》結《けつ》して校長に相対《あいたい》し、金八先生の側《がわ》についたのだから、校長の面子《めんつ》はまるつぶれとなった。

千田校長は、金八先生ら桜中学の教師たちが常日《つねひ》ごろから地域との結びつきをことさら大事《だいじ》にしており、何かにつけ町内会長や中学と同居《どうきょ》しているデイケアセンターの職員らが学校運営について意見を言ってくることも気にくわなかったのだが、このときばかりは、桜中学の〝地域力《ちいきりょく》〟というものをいやというほど見せつけられたのだった。

さらに、桜中学から金八先生を追放《ついほう》することに成功したと思っていた千田校長は、金八先生の異動先《いどうさき》が、自分の想定《そうてい》していた校内暴力で荒れているという噂《うわさ》の中学ではなく、和田教育長から直接請《ちょくせつこ》われての教育委員会入りだと知って、歯ぎしりしたのだった。

それでも、千田校長は、目の上のこぶだった金八先生を追い払って、きっと清々《せいせい》したことだろう。その桜中学へまた戻るというのだ。戻れば必ず、正面から衝突《しょうとつ》することは目に見えている。

しかし、自分が桜中学を離れてから、学校の様子《ようす》が急速《きゅうそく》に変わってきていることも、実は大いに気にかかっていた。「学校の雰囲気《ふんいき》が変わった」という声は、すでに何度も聞いていた。とくにこれまで長い時間をかけて桜中学が育《はぐく》んできた地域との結びつきが断《た》たれていきつつあるのが、金八先生は悔《くや》しくてならなかった。

いま桜中学では、乾先生は以前と全く変わりなくがんばっている。

しかし国井《くにい》教頭は校長への昇進《しょうしん》だけが「夢」であり、北《きた》先生も管理職への昇格《しょうかく》をひたすらめざしている。ほかはまだ、若い先生たちばかりだ。和田教育長の指示は、そうしたことも見通《みとお》した上でのことかもしれない……。

終業式まで勤務するはずだった花子先生の突然の産休、その穴埋めと桜中学てこ入れのためにも、金八先生に桜中学に戻ってほしいと説得する和田教育長。

「実をいうと、先生にはあと一年、改革《かいかく》推進課《すいしんか》にいて、私を補佐《ほさ》してほしいと考えていたのですがね」

相変《あいか》わらずやわらかい口調《くちょう》だが、和田教育長のまなざしは真剣《しんけん》だった。金八先生はひと呼吸《こきゅう》おいて、ぱっと頭を下《さ》げた。

「ありがとうございます。確《たし》かに今こそ桜中学に戻《もど》るチャンスなのかもしれません」

「期待《きたい》していますよ」

和田教育長が差し出した手を、金八先生はしっかりと握《にぎ》りかえした。

和田校長とのやりとりを反すうしながら暗くなった道を歩いていると、金八先生の胸にはふつふつと嬉《うれ》しさがこみあげてきた。

改革推進課の仕事がつまらないわけでは決してない。けれども、自分に残された時間をどう使うか、もう教壇《きょうだん》に立つことはできないかもしれないと思っていただけに、花子先生に感謝《かんしゃ》したい気さえする。赤ん坊は生まれただろうか。そして、幸作は……。家の窓には暖《あたた》かい灯《ひ》がともっていた。

「ただいま」

金八先生は玄関をあけると同時にたたきにさっと目をはしらせたが、幸作の靴《くつ》はなかった。迎《むか》えに出た乙女が、顔を見るなりそっと首を横にふった。

「ダメだったみたい。健ちゃんから一緒だって電話があったの。あの子、気が小さいから、ちゃんとダメ報告もできないのよね」

「そうか」

金八先生は、自分が思ったほど落胆《らくたん》しないことに、ひそかに驚いた。心のどこかで覚悟《かくご》ができていたからなのか、二年前の幸作の大病《たいびょう》で肝《きも》がすわったのか、今朝《けさ》は胃《い》がキリキリと痛《いた》かったのに、不合格を知った今は不思議《ふしぎ》と冷静《れいせい》だった。大学はまた来年受ければいい。それよりも、金八先生は、幸作に遅くまでつきあって慰《なぐさ》めてくれる友だちがいることが嬉しかった。

健次郎は、金八先生がもっとも手を焼《や》いた教え子の一人だった。あの頃、クラスではまったく孤立《こりつ》して、十五歳にしてはあまりに重過《おもす》ぎる荷《に》を背負《せお》わされて喘《あえ》いでいた健次郎が、今や幸作の無二《むに》の親友である。時おり坂本家にも顔を見せる健次郎が、日に日にしっかりした青年になっていくのを、金八先生は感嘆《かんたん》の思いで眺《なが》めていた。幸作は桜散《ち》って落ち込んでいるだろうが、健次郎と一緒にいるのなら大丈夫だ。金八先生はほっとして、乙女が用意してくれたビールを注《そそ》いだ。

「父ちゃんは、明日から桜中学へ里帰《さとがえ》りだ」

「里帰り?」

「和田教育長の最後の大仕事なんだ。これに応《こた》えずして何が教師だ、何が男だ!」

父親の突然の言葉に乙女はきょとんとしていたが、やがて、突然の異動が決まったことがわかると、眉《まゆ》をひそめた。

「やめた方がいいんじゃない。あの校長先生と大衝突するのは目に見えているもの」

「いや、相手にとって不足《ふそく》なし! あのゆでダコめ」

闘志《とうし》をみなぎらせた金八先生は、グラスのビールをぐいと飲み干《ほ》した。

金八先生が乙女と二人きりの夕食を終えた頃、幸作は健次郎と、やはり元三Bのちはるになかば抱《かか》えられるようにして帰宅した。そして、二人の口から幸作が友人の飛び降り自殺の現場に居合《いあ》わせてしまったことを知ったのだった。夕方のニュースで耳にした自殺のニュースが、突然生《なま》なましく思い出され、金八先生は心配そうに幸作を見やる健次郎とちはるに頭を下《さ》げた。

「ありがとうよ、連《つ》れて帰ってくれて。春だというのに無惨《むざん》な話だなあ……」

泥酔《でいすい》して大《だい》の字でいびきをかいている息子の寝顔《ねがお》を眺《なが》め、金八先生はつぶやいた。

翌朝、金八先生は布団《ふとん》にもぐったままの幸作をおいて、はりきって家を出た。再び通いなれた道を生徒たちと並んで歩くのは嬉《うれ》しかった。朝の光を浴《あ》びて、いつもより川面《かわも》がきらめいている気がする。下の河原《かわら》ではスポチャンことスポーツチャンバラクラブの朝練《あされん》なのか、遠藤先生とスポンジ製の剣の剣士たちが威勢《いせい》のよい声をはりあげていた。ハチマキ姿で気合《きあい》をいれた遠藤先生の姿は以前とまったく変わらない。

「おはよう!」

金八先生は隣りを行き過ぎようとした少年に、満面《まんめん》の笑《え》みで挨拶《あいさつ》をしたが、桜中学の制服に身をつつんだ少年は、ちらと視線《しせん》を投げかけただけで、ずんずん歩いていってしまった。その胡散《うさん》くさいものを見るような様子《ようす》に、金八先生はハッとした。

二年前は桜中学名物教師の〝金八っつぁん〟を知らない生徒はいなかったわけだが、その生徒たちも卒業していったのだ。駅へ向かう道には、なつかしい声をあげて走りよってくる卒業生たちがいるが、通学路に自分を慕《した》って声をかけてくる生徒はいない。こんなに黙《もく》もくと学校への道を歩いたことはない。転校生とはこういう気分なのだろうか。金八先生は二年間という月日《つきひ》の長さをひしひしと感じつつ、新《あら》たな決意で一歩《いっぽ》を踏《ふ》み出した。

しかし職員室へ入ると、そんな金八先生の緊張もたちまちにしてとけた。驚きと喜びで笑《え》みをいっぱいに浮かべたなじみの顔が、金八先生をわっととりまいた。やっとわが家へ帰ってきた、と金八先生は思う。久しぶりに見る校長の顔さえ、なつかしく感じられるほどだ。

「教育長から昨夜のうちにピンチヒッターが行くと連絡をいただきましたが、まさか坂本先生とはね」

校長は校長室の肘掛《ひじか》け椅子《いす》からにらみ上げるように金八先生を見て言った。

「ま、新学期には金子先生が赴任《ふにん》されるわけだし、それまでの辛抱《しんぼう》だと思いましょう」

「しばらくご無沙汰《ぶさた》の間に、ズバリ本質《ほんしつ》をおっしゃる言葉、ますます磨《みが》きがかかってピカピカとまぶしいですなぁ」

　校長の皮肉《ひにく》に、金八先生はにこにこと応酬《おうしゅう》する。横でやりとりを見まもっている国井教頭は気が気でない様子《ようす》だが、復帰《ふっき》の喜びでいっぱいの金八先生には、校長のこめかみが怒《いか》りでピクピクとふるえるのをどこかで面白《おもしろ》がってすらいた。

II　とんでもないクラス

新学期を迎え、金八先生は引き続き桜中学に残り、三Ｂを担任することになった。しかし相変わらずのためロ、さわがしい生徒らに金八先生の苦悩はつづく。

始業のチャイムが鳴ると、金八先生はさっそく花子先生の出席簿を持ち、国井《くにい》教頭について二年B組の教室へ向かった。

二階への階段を上がって、金八先生は驚《おどろ》いた。B組の教室の前では廊下《ろうか》いっぱいに生徒たちがひろがって、まるでお祭り騒ぎだ。どうやら教室の中にいる生徒の方が少なそうだ。手拍子《てびょうし》とかけ声の輪のまん中には、軽《かろ》やかにステップをふんだり、スピンをしたりするグループがいる。あっけにとられた金八先生がのびあがって見ると、ダンスの集団のあちら側では、プロレスごっこをしているのか、組んずほぐれつ床《ゆか》を転《ころ》げまわっている生徒たち。歓声《かんせい》に混《ま》じって、わざわざ拡声器《かくせいき》を使っての実況中継《じっきょうちゅうけい》の物まねまで聞こえていた。

さらに金八先生は、こんな状態の生徒たちを見て国井教頭がただ嘆息《たんそく》しただけなのに驚き、生徒たちが国井教頭と自分の姿を見てもあわてる様子《ようす》がないことにも驚いた。

「チャイムはとっくに鳴りましたよ。さあ、教室に入って」

「ほら、早く入りなさい」

国井教頭と金八先生が何度も促《うなが》して、やっと生徒たちは席についた。

「気をつけぇ」

学級委員が形だけの号令《ごうれい》をかける。見知らぬ金八先生の登場に、生徒たちはひそひそと話したり目配《めくば》せしたりしている。われ関《かん》せずのものもいて、最前列《さいぜんれつ》では女子がケイタイを握りしめ、しきりと親指を動かしている。朝食なのか菓子パンを食べていたり、ゲームの電子音が聞こえたりと、金八先生にははじめて見る光景だ。

「おはようございます、と言いたいところだけれど、ケイタイもゲームも教室に持ち込みは厳禁《げんきん》となっているはずですよ」

さすがに教頭が厳《きび》しい声を出すと、前列の女子はのろのろとケイタイを机にしまった。ところがゲーム音はやむ気配がない。最後列の男子は、教頭の声がまるで耳に入らぬらしい。見かねて肩をたたいたとなりの丸めがねの少年の手をうるさそうにふりはらって、小さな画面の上にかがみこんでいる。国井教頭はツカツカと歩み寄って手をのばした。

「名前は何というの？　それは没収《ぼっしゅう》します」

すると少年は、さっとゲーム機を机に入れて、ギラリと光る目で教頭をにらみ返した。その敵意《てきい》のこもった瞳《ひとみ》に教頭は思わず棒立《ぼうだ》ちだ。

「ダメ、ダメ。孝太郎《こうたろう》って、となりの和晃《わこう》と一緒でゲームっ子なの。花子先生だってほっとくことにしてたんだ」

学級委員らしい女子が、奇妙《きみょう》なたすけ舟《ぶね》を出す。と、廊下の壁《かべ》ぎわに座《すわ》っている少年が拡声器《かくせいき》でリズミカルに合《あ》いの手を入れた。

「ハイッ、ダメ、ダメ、ダメ、ダメ」

「ダメ、ダメ、ダメ、ダメ」

おもしろがって、唱和《しょうわ》する者たちがいる。教頭の唇《くちびる》は細かくふるえた。

「わかりました。けれど、校則は校則です。今後は坂本先生にキッチリ指導していただきますからね。それでは先生、お願い」

教頭は金八先生をきちんと紹介するのも忘れ、よろめきそうになる足取《あしど》りで逃げるように教室を出ていった。

一連《いちれん》のやりとりをあっけにとられて見ていた金八先生は、気をとりなおして教卓《きょうたく》の前に立った。たとえ短期間のピンチヒッター担任であっても、クラスを預《あず》かった以上はきちんと運営していかなければ、とベテラン教師の意地《いじ》もある。すると、さきほどから好奇心で目をかがやかせていた少年が、こまねずみのように机の間をスルスルッとぬって、前に出てきた。まだ、小学生といっても通用するくらいの小柄《こがら》な少年は、おでこのてっぺんあたりで前髪《まえがみ》を結《ゆ》わえていて、それがよけいに幼《おさな》い印象《いんしょう》だ。チョンマゲ少年は金八先生の鼻先に立って唐突《とうとつ》にたずねた。

「ね、おじさん、だれ？」

そのあまりの屈託《くったく》のなさに苦笑《くしょう》して、金八先生は答えた。

「私は今日から君らの担任です」

そう言って、金八先生は自分の名を黒板に大きく書いた。

「サ、カ、モ、ト、カネハチー？　カネハチだってぇ、変な名前」

チョンマゲ少年が甲高《かんだか》い声で叫びながら、席に戻る。教室に笑いのうずが巻き起こり、金八先生の訂正する声すらかき消されそうだ。

「ねえ、花ちゃんは？」

「赤ちゃん、どっちだったの？」

「名前はぁ？」

新担任には興味がないのか、今度は女子からの質問攻《ぜ》めだ。

「いや、まだ知らせがないんでね」

「ウソォッ、だって、救急車よんだの、昨日の朝じゃん」

「でもありましょうが、本田先生がおっしゃるには、初めてのお産《さん》で二十四時間以上かかるのはざらにあるそうです」

「キャーッ、かわいそう！」

初対面《しょたいめん》のはずの生徒たちがなんの緊張感もなく、好き勝手に話しかけてくる。以前の桜中学にも騒々《そうぞう》しいクラスはあったが、これほどケタはずれの騒《さわ》がしい教室はなかった。自分が留守《るす》の二年間に何が学校の雰囲気《ふんいき》をこうも変えてしまったのだろう。金八先生は気を取り直して……。

「かわいそうでも親になるには、オギャアという声を聞くまでがんばらなきゃならんのです。だから、みんなも一緒にがんばろう。一緒に祈《いの》りましょう。君たちのお母さんが持てる力のすべてをふりしぼって、君たちをこの世に送り出してくださったことを考えながら」

しかし、金八先生の話に教室のど真ん中にふんぞりかえって座《すわ》っている少年がすぐさま割り込んできた。

「べつに、頼《たの》んで生んでもらった覚えはないけど、なあ」

「ハイッ、ナイ、ナイ、ナイ」

またもや拡声器《かくせいき》の呼応《こおう》がある。胸にひやりとするものを感じて、金八先生はその少年を見やったが、その表情に憎しみなどは見当たらない。むしろ、どこかひょうきんな瞳《ひとみ》は、気のきいたことを言ってやったとばかりに得意《とくい》げに輝いている。けれども、金八先生はここでひるむわけにはいかない。

「とにかく、それでも祈りましょう。はいっ、目を閉《と》じてみんな一緒に祈る！　いいねっ」

気迫《きはく》におされ、多くのものが反射的に目を閉じた。

「花子先生、桜中学二年B組には私がついています。一緒にがんばります。はいっ、もう一度！」

「一緒にがんばります」

とりあえずはばらばらとまとまりのない声がかえってきた。ここぞとばかりに金八先生はほめる。

「すばらしい！　この祈りは絶対に花子先生に届《とど》きますから、先生に代《か》わって私が出席をとります。早く顔を覚えたいから、呼ばれた人はちゃんと顔を見せてください」

「ハイッ」

さきほどの学級委員の少女が、空《から》まわり気味《ぎみ》の新しい担任に気をつかってか、元気よくこたえた。

少女の名前は祥恵《さちえ》といった。もう一人、男子の学級委員がシマケンこと島健一郎《しまけんいちろう》。それに、金八先生は最後の三Bの生徒だった笠井美由紀《かさいみゆき》の弟の姿を見つけて嬉《うれ》しくなった。当時、非常勤で数学をもっていた小林先生に熱烈《ねつれつ》な愛の告白をやって、小林先生を大パニックに陥《おとしい》れた生徒である。弟の淳《じゅん》は美由紀のように目立つ感じではないが、人なつこい目のあたりが姉に似ている。

チョンマゲ少年は真佐人《まさと》。拡声器《かくせいき》の主《ぬし》は金丸博明《かなまるひろあき》。あだ名が車掌《しゃしょう》。「そんなものはしまいなさい」という金八先生の注意もどこ吹く風で、車掌はときおり駅のアナウンスそっくりの声で茶々《ちゃちゃ》を入れては、教室を沸《わ》かせていた。どなりつけても無駄《むだ》であろうことは、さきほどの国井教頭とのやりとりで証明ずみだ。初日から険悪《けんあく》なムードにもしたくない。金八先生はぐっとこらえて、生徒たちの顔と名前を覚えることに集中した。

昨日の朝、花子先生をとりまいていたので見覚《みおぼ》えのある女子は、有希《ゆき》、比呂《ひろ》、智美《ともみ》。屈託《くったく》ないといえばきこえはいいが、そろって緊張感のない返事である。名前の通り背の高い大胡《おおご》あすかと小柄《こがら》な小村飛鳥《こむらあすか》は、通称がデカアスカ、チビアスカ。

ゲームっ子の孝太郎《こうたろう》は、何度呼ばれてもまったく無視だ。まず、顔をあげない。金八先生は一番後ろの孝太郎の席まで行って、自分の顔をねじこむように下からのぞきこんだ。

「小野《おの》孝太郎！」

孝太郎はため息をついて面倒《めんどう》くさそうに口の中で返事をした。同じゲームっ子といっても、隣りの和晃は線が細く、金八先生が間違って「カズアキ」と呼ぶと、ためらいがちに、

「ワコーです」

と訂正《ていせい》した。このゲームっ子二人組のほかに後ろにズラッと体格のいい男子が並んでいる。シャツの下からわざと原色《げんしょく》のTシャツをのぞかせて、ストリートダンサーを意識してなのか、足を投げ出したようななんとなく崩《くず》した座《すわ》り方は、ちょっと威圧感《いあつかん》がある。さきほど、廊下《ろうか》で踊《おど》っていたグループだ。

「倉田直明《くらたなおあき》」

と呼んだ途端《とたん》に、少年がガターンと音をたてて立ち上がったので金八先生は驚いた。見上げるような長身だ。

「イェーイ！」

ポーズをとるなり、みごとなスピン。周囲が息のあったVサインで呼応《こおう》する。

「イェーイ！」

隣《とな》りの園上征行《そのがみまさゆき》、高木隼人《はやと》も負けず劣《おと》らず派手《はで》な登場だ。そのたびに、仲間《なかま》が歓声《かんせい》をお

くる。この体格のいい三人にチビの真佐人と鈴木康二郎《こうじろう》、それに制服の短いスカートから切りっぱなしのピンクのジャージをのぞかせた浩美《ひろみ》の六人がサンビーズと呼ばれて、クラスのムードメーカーらしかった。

その騒《さわ》ぎぶりに学級委員のシマケンがはらはらした視線を金八先生に送ってくるが、主導権《しゅどうけん》はどうやら、サンビーズのリーダー格《かく》の直明と、真ん中に陣取《じんど》って、さきほどから金八先生のひと言、ひと言のあげ足をとっては茶化《ちゃか》してくる少年の手にあるようだ。少年の名は狩野仲太郎。金八先生が間違《まちが》えてカリヤと読むと、仲太郎は大《おお》げさに嘆息《たんそく》した。

「あちゃー、間違えて呼ばれたんじゃなぁ、返事する気にもなんねえよ。おたく、ほんとに担任? カ・ノ・ウ。カ・ノ・ウ・シ・ン・タ・ロ・ウですよ。漢字、読める?」

そのおどけた口ぶりに教室中がまたどっと笑う。金八先生はひとこと付け加えずにはいられなかった。

「すみませんね。でも、頼まなくたって、君の親はいい体格に生んでくれたじゃないか。感謝しろよ、狩野仲太郎」

「給食費も払わないくせに、人の倍は食べるんだもの」

後ろから冷たい声で皮肉《ひにく》ったのは、ひと癖《くせ》ありそうな麻田玲子《あさだれいこ》。仲太郎は涼《すず》しい顔で聞こえないふりをしている。

「そうか、君は忘れ物が多いんだな。でも、給食費は忘れんなよ、食いっぱぐれるぞ」

金八先生の笑顔《えがお》も伸太郎は素通《すどお》りした。代《か》わりに玲子がさらに毒《どく》づく。

「食いっぱぐれるような子じゃないわよ」

一人が口をひらくと、誰も彼もが勝手にしゃべりだしてしまう。こんなに時間のかかる出欠確認ははじめてだ。金八先生はふだんの倍以上も声をはりあげねばならなかった。

まわりの喧騒《けんそう》にまったく関《かか》わらない生徒も幾人《いくにん》かはいる。机の上に堂々《どうどう》と参考書を開いている江口哲史《えぐちてつし》。かすかに警戒《けいかい》の色をうかべた上目《うわめ》づかいで、時おり金八先生を見ている丸山しゅう。幸作の初恋の相手、ちはるの中学時代を思わせる、さらさらのストレートの髪をすっきりと結《ゆ》わえた稲葉舞子《いなばまいこ》が、そのしゅうをいつも見ているのが教壇《きょうだん》からはよく見えた。

ひととおり出欠をとり終えただけで、金八先生はへとへとだった。朝からはりきって出てきたにもかかわらず、結局、最後まで生徒たちのペースに引き回されっぱなしだ。ぐったりして職員室へ戻ると、本田《ほんだ》先生と国井《くにい》先生がめずらしく手をとりあってはしゃいでいる。花子先生がぶじ女の子を出産したと、知らせが入ったのだ。独身《どくしん》のライダー小田切《おだぎり》や遠藤先生も加わって、話がはずんでいるところに、校長がやってきて、眉《まゆ》ひとつ動かさずにのろいをかけた。

「予定日を待てなかったんだから、さぞや、そそっかしい子になるんでしょうな」

花子先生の与えてくれたチャンスに感謝する昨夜の金八先生の気持ちも、帰り道には複雑なものになっていた。花子先生は、ほぼ一年間もなぜクラスをあの状態で放っておいたのか。授業中、少し静かになったなと思うと、机の下でメールやゲームをやり放題《ほうだい》だ。そして、見つかっても悪びれるふうもない。話を聞く集中力がないのか、すぐに勝手におしゃべりをはじめる……。

教室の生徒たちの顔を思い出しながら、あれこれ考えごとをして歩いていると、突然、後ろから声をかけられた。

「今お帰りですか、お父さん！」

やけに元気な声の主《ぬし》は、ブルーキャップと派手《はで》な黄緑色《きみどりいろ》のロゴ入りジャンパーといういでたちの遠藤先生だ。地域の夜回り隊のユニフォームである。

「やあ、夜回り、ご苦労さんです。近頃《ちかごろ》は物騒《ぶっそう》だからね」

「はい、お父さんがいないのに、以前のようにお宅に入りびたるわけにはいきませんし……モヤモヤしているときはこれが一番です。結構、頼りにされてますし」

「ハイハイ、がんばってくださいよ」

金八先生は必死にアピールする遠藤先生に、そっけなく答えて背を向けた。遠藤先生のお目当《めあ》ては、金八先生の娘の乙女《おとめ》なのだ。遠藤先生を乙女の恋人として受け入れる気など、金八先生にはさらさらない。それに、乙女にしたって、遠藤先生をそういった対象として見ているはずもなかった。そう信じてはいても、遠藤先生に「お父さん」と呼ばれると、金八先生は胸が悪くなるのだった。


姉の乙女が将来に向けて着々《ちゃくちゃく》と勉強をすすめている一方で、幸作は浪人が決まってからしばらく、ぼんやりと日々をすごしていた。大学を落ちたショックは、目の前で予備校仲間を亡くしたショックがいっしょに持っていってしまった。幸作は何度も、宙《ちゅう》へ投げ出される人の姿を夢に見た。事件の翌日、新聞の片すみには「投身《とうしん》受験生のポケットにドラッグ」という記事が載《の》った。テレビでもちらりととりあげられたが、ショッキングなこの事件もすぐに忘れられていった。

しかし、幸作の頭の中は日ごとに、それほど親しいわけでもなかった友人の記憶《きおく》でいっぱいになっていくのだ。模擬《もぎ》試験《しけん》の会場で昼食を一緒に食べたとき、ポケットから出した薬を飲んでいた。不安で眠れないから病院で安定剤《あんていざい》をもらったのだ、ということだった。予備校の帰りで一緒になったときは、妙《みょう》に上機嫌《じょうきげん》で、「おれは鳥になれるんだ」と笑っていた。あのときは、すでにドラッグに手を出していたのだろう。どうして、あのときもっと親身《しんみ》になってやらなかったのか……。

死というピンでとめられた友人と、その前に立ちつくしている自分だけを取り残して、日常は相変《あいか》わらず猛スピードで流れていく。桜中学に復帰した父親は、なにやら手こずっているらしく、以前にもまして忙しそうだ。大学に入ると遊び放題《ほうだい》だと誰かが言っていたが、姉の乙女は幸作のそんな先入観《せんにゅうかん》を簡単にくつがえし、毎日、講義だ、研修だと忙しい。

幸作は畳《たたみ》の上で寝返《ねがえ》りをうち、ゆっくりと流れていく雲を見るともなく眺《なが》めた。目を閉《と》じれば、まぶたの裏《うら》に、回転しながら落ちていくあの姿がコマ送りで映《うつ》し出される。トントンと階段をのぼってくる軽い足音がして、乙女が顔を出した。

「じゃ、行ってくるね」

「どこ行くの？」

「研修」

乙女は髪をきちんとブロウして、スーツの襟《えり》からパリッとしたブラウスをのぞかせている。幸作はふとさびしくなって、口をとがらせた。

「研修なら、このあいだ行ったじゃん」

「あれは教育実習で、今日は介護《かいご》実習。養護《ようご》教諭《きょうゆ》をめざすなら養護学校の研修はサボれないの。あんたもシャンとしなさい」

「ふぅん」

姉の心配が幸作にはよくわかったが、それに応《こた》える気力はわいてこない。ごろりと窓へ向き直って、幸作はつぶやいた。

「……姉ちゃん、飛び降りるなんて、ほんとはあいつだって怖《こわ》かったろうな。でも、あいつは、うまく鳥になれたのかなあ……」

励《はげ》ます言葉が見つからず、乙女は弟の背中《せなか》をしばらく見つめていたが、時間を気にして出かけていった。

金八先生の妻の里美《さとみ》先生は桜中学の養護教諭だった。若くしてあっという間に逝《い》ってしまった里美先生には、まだやりたいことがたくさんあったに違いない。その遺志《いし》を継《つ》ぐかのように、乙女は養護教諭への道を歩き始めた。その何ごとにも手をぬかないしっかりものぶり、感動しやすくて、真正直《ましょうじき》なところなど、里美先生にそっくりだ。最近では、父親をたしなめたりするようになった。大人になった乙女のふとした仕草《しぐさ》や言葉がかつての里美先生と重なり、金八先生ははっとすることがある。

教育実習のときは頭の中でいろいろと計画して、学校を訪《おとず》れるのが待ちきれないほどだったが、今日の乙女はいつになく緊張《きんちょう》していた。なじみのない養護学校という場所で、どんなふうに動けばいいのか、ともすれば不安が頭をもたげてくる。予定より早く着いた乙女は、ちょうどスクールバスが門に着くところに居合《いあ》わせるかっこうになった。

バスの扉《とびら》があいて、子どもたちが出てくる。障害の程度はさまざまだ。一人でおりてくるリュックの少年もいれば、背中をまっすぐにして座《すわ》ることが難しい子どももいる。二人の養護教諭が出迎《でむか》えて、無駄《むだ》のない動きで介助《かいじょ》していた。脳性麻痺《のうせいまひ》のくねる体を、がっしりと背の高い教諭が抱《だ》き取って、やさしく車椅子《くるまいす》に乗せてやっていた。子どもは信頼しきったように、たくましい腕に身をまかせている。乙女は実習に来たことも忘れて彼らの動きに見入《みい》っていた。

バスから降りた少年のひとりが、いそいそとこちらへやってくるのを見つけて、乙女ははっとわれにかえった。少年は満面《まんめん》の笑《え》みでジグザグに歩いていたが、乙女と目が合うと、親指と人差し指で輪をつくって、秘密《ひみつ》の合図《あいず》を送ってきた。不意《ふい》をつかれて、不覚《ふかく》にも、乙女はあわてた。

「あ、あ、こんにちは、はじめまして。私は坂本乙女です。今日は介護実習の研修に来ました、よろしくね」

少年は再び指を輪にして幸せそうににこにこしている。乙女もつられて微笑《ほほえ》みかえした。声を聞いてはじめて乙女の存在《そんざい》に気づいたらしい養護教諭が、こちらを振り向いた。

「研修生?」

「あ、はい。手伝います。荷物、持っていきましょうか」

「ああ、いいよ。あとでわからなくなるから、ここに置いてくれる?」

車椅子の背にかばんをおいてやろうとして、青年の反対側にまわりこんだ乙女は息をのんだ。精悍《せいかん》な顔だちの青年の顔の右半分が、まるで仮面をかぶっているかのように、もり

教育実習で養護学校を訪れた乙女は、そこでかいがいしく子どもらの世話をする青年を見て一瞬、息をのんだ。彼の横顔は真っ赤なアザで覆われていたのだ。

あがった真っ赤なアザで覆《おお》われていたのだ。頬《ほお》に突《つ》き刺《さ》さる乙女の視線を、青年はさりげなく無視して、車椅子を押して校舎へ入っていく。一瞬、その後ろ姿を見送ってしまってから、乙女はわれにかえって、小走《こばし》りであとに続いた。

　青年の名は青木圭吾といった。乙女は、青木についてその授業を見学することになった。ダウン症《しょう》や自閉《じへい》症の子どもたちが、絵の具をつかって絵を描くのを、サポートするのが乙女の役割だ。絵の世界に黙々《もくもく》と没頭《ぼっとう》している生徒もあれば、机の上まではみ出してただ塗《ぬ》りたくる生徒もいる。けれども、乙女の視線《しせん》は知らず知らずのうちに、青木の方へ向いてしまうのだった。

集中力がもたなくて絵筆《えふで》を投げ出す子どもも、何かに癇癪《かんしゃく》を起こした子どもも、青木が声をかけるとおとなしくなって、また画用紙《がようし》に向かいはじめる。相手をおびやかすことなく、障害を持つ子どもの心にすっと入りこむ青木のサポートを、乙女は感心して眺《なが》めた。と同時にやはり、顔が真二つに割れたかのような、異様《いよう》な風貌《ふうぼう》に目がいってしまう。すると、今まで乙女の存在などまったく気づかないかのように、子どもたちをみていた青木が、ひょいと乙女をふりむいて、アザのある頬を指差《ゆびさ》した。

「気になるなら、じっくり観察してもいいんだよ」

「あ、いえ、すみません」

乙女は真っ赤になってうつむき、自分の無遠慮《ぶえんりょ》な視線を恥《は》じた。

介護実習《かいごじっしゅう》の初日から落ち込んで帰ってきた乙女は、金八先生に青木のことを話さずにはいられなかった。金八先生は、乙女が帰りがけに買ってきた『見つめられる顔』という本を手にとって、ぱらぱらとめくった。

「ふぅん、ユニークフェイスか……」

本の副題《ふくだい》に「ユニークフェイスの体験」とあったのだった。口絵《くちえ》には、おそらく青木と同じ、単純性血管腫《たんじゅんせいけっかんしゅ》という赤アザの青年の写真が載《の》っており、他人と違う風貌《ふうぼう》（ユニークフェイス）ゆえに苦しんできた人々の体験記がぎっしり載っていた。それを読んで、乙女はさらに自己嫌悪《じこけんお》に陥《おちい》ったらしい。

「ほんと、ハンデのある子がいかにも安心できるようなフォローをしてたから、すてきだなと思っていたの。顔にアザがあったからって、私、あんなに驚くことなかったのに、なんか、びっくりしちゃって。これじゃ、養護の先生失格《しっかく》だなって思ったら、その青木さんっていう先生が気になって気になって……」

「じっくり、観察しろと言われちゃった？」

「もう、どうしていいかわからない」

泣きそうな乙女に、金八先生は穏《おだ》やかに言う。

「と言っていられるのも、今のうちだよ。本当に教師になってみなさい、毎日、何が起きるかわからないんだぞ。見た目のハンデはなくても、心のハンデをかかえているのもいるからなぁ」

「ほんとにそうよねぇ……」

金八先生が二年B組の教室で悪戦苦闘《あくせんくとう》し、いまだ効果的《こうかてき》な手を打てないままに、一日一日はすぎていった。金八先生は国語の教師である。熱のこもった、とうとうとした語《かた》りによって、生徒との絆《きずな》を深めてきた。ところが、今回、金八先生をさんざん手こずらせている伸太郎《しんたろう》は、人の話のこしを折《お》る天才だ。まじめな話も抜群《ばつぐん》の反射神経《はんしゃしんけい》でまぜっかえして、金八先生に語るすきを与《あた》えない。金八先生にとっては、刀を折られたも同然《どうぜん》だ。

それに、ところかまわず入る〝車掌《しゃしょう》〟の合いの手とサンビーズたちの歓声《かんせい》、奇声《きせい》。怒《おこ》ろうと口を開いたとたん、「通過電車《つうかでんしゃ》ガ参《まい》リマス。白線《はくせん》ノ内側《うちがわ》へサガッテオマチクダサイ」などとやられ、どっと笑い声が起きたのでは、さすがの金八先生もお手上げだ。伸太郎とサンビーズ対金八先生の主導権争《しゅどうけんあらそ》いは、今のところ金八先生が完全に劣勢《れっせい》だった。

もうひとつ、金八先生は、長年《ながねん》の勘《かん》でなんとなく気がかりなことがあった。丸山しゅうという生徒だ。問題を起こすというのではない。逆に、クラスの騒《さわ》ぎにはまったく関《かか》わらないのが気になった。挨拶《あいさつ》をすればちゃんと返し、質問をすれば答える。いじめられているというのでもなさそうだ。けれども、なんだか思いつめたような表情をしていることがある。金八先生はそれとなく、しゅうに声をかけていた。しかしそれがいっそうしゅうの警戒心《けいかいしん》を強めてしまったようで、しゅうの態度は相変《あいか》わらずかたい。あせって距離《きょり》をつめては、かえってしゅうを追いつめることになるのかもしれないと、金八先生もそれ以上踏《ふ》み込めないでいた。

新学期を迎え、金八先生が引き続き桜中学に残ると知って、千田《せんだ》校長は不機嫌《ふきげん》のきわみだ。なかなかあきらめがつかないらしく、入学式に来賓《らいひん》としてやってきた和田教育長に、未練《みれん》がましく泣きついていた。

「後任には金子先生がせっかく決まっていたんですし、どうにもならないんでしょうか」

「ええ、すでに茜崎中学へ行ってもらっています。そこへいくと、坂本先生は学年末からB組の面倒《めんどう》を見てきたわけですし、十月に花子先生が復帰されるまでの六カ月をお願いするには何よりだと思うのですが。ねえ、国井先生」

「はい、それはもう。坂本先生にとっても桜中学は母校のようなものですから。ね、校長先生」

こうして、教育長と教頭は涼《すず》しい顔で校長の憤懣《ふんまん》を封《ふう》じ込めたのだった。

教え子たちの思い出のつまった三年B組の教室に戻ってくるというのは、やはり感慨深《かんがいぶか》いものがある。新担任の顔を見たとたん、生徒たちが落胆《らくたん》の声をあげたのに傷《きず》つきつつも、金八先生は気持ちを新《あら》たに、一歩、一歩、地盤《じばん》をかためていくつもりだ。まずは昨夜、作っておいたボードを教室前方に張り出した。

〔三Bの決まり〕
一、他人の話はちゃんときく。
一、意見がある時は、手をあげて言う。
一、みんなで決めたことは、みんなで守る。

とたんに、ざわざわとブーイングが起こる。

「なに、それ」

「やだぁ、ダサすぎ」

しかし、金八先生は平然《へいぜん》として言った。

「ちっとも、やではありません。毎朝、みんなで声をそろえて唱《とな》えれば、あら不思議《ふしぎ》。授業中に物を食べたり、メールを打ったり、ゲームで遊びたいという気持ちが消えうせて、六カ月後にバトンタッチの花子先生が大喜び、というありがたいおまじないです。だからハイッ、みんなで声を合わせて読んでください。一、二の三！」

勢いにのせられて、新三Bたちがバラバラながらも三カ条を唱《とな》えると、金八先生は派手《はで》に手をたたいた。

「はいっ、今、言ったね？　今日からこれが三Bの決まりです！」

「えっ、きったねぇ」

「なんかずるくない？　はめられたみたい」

「それは、君らに油断《ゆだん》があったということです！」

先手《せんて》を打たれた三Bたちが口ぐちに文句をいうのを、金八先生は笑顔《えがお》で受け流した。まずは落ち着いて話のできる環境《かんきょう》、話の聞ける空気を教室につくりさえすれば、なんとかできるはずだ。今はどうしようもなくばらばらだが、新三Bには何か明るいパワーがあるのを金八先生は感じていた。その予感《よかん》に望《のぞ》みをかけて、金八先生は授業開始の合図《あいず》として、相田みつをの詩集から選んできた言葉を黒板に貼《は》った。


『いまここから』

つづいて金八先生は、昨夜考えて用意してきた言葉を語り始めた。

「相田みつをさんはね、『いま』というときさえ、厳密《げんみつ》に言えばないんだと言っています。つまり、『いま』の『ま』という字を言うときには『い』の字はすでに消えてないからです。一瞬《いっしゅん》といえども同じ状態に止まっているものはない、ということで、そのことを無常《むじょう》といいます。すべてのものは変化してやまないという意味です。

無常だから赤ん坊は大きくなり、つぼみは花になり、君たちはやがてこの桜中学を卒業していく。そして、無常だから、明日のいのちの保証《ほしょう》は誰にもない。だから、今日という日を真剣に生きて、しっかりと勉強しましょう。それには、教室内でメールの会話はしない。そもそも会話とは、相手の顔を見て自分の言葉で自分の思いを伝えることです。約束だよ」

まっすぐにこちらへ瞳《ひとみ》を向けている顔は数えるほどしかない。しかし、信頼関係《しんらいかんけい》がないところを頭ごなしに叱《しか》りつけても、反感《はんかん》をかうばかりなのはすでに経験済《けいけんず》みだった。金八先生はどなりつけたくなる気持ちをぐっとこらえて、授業を続けた。

こうして、金八先生と新三Bたちの勝負は持久戦《じきゅうせん》にもつれこんだ。昔は確固《かっこ》として教室に存在していた教師と生徒との境界線《きょうかいせん》が、今ではぼんやりかすんでいるらしい。小さな子どもに対するような注意を、自分よりも体の大きな生徒たちにしなければならない。十五歳というものは、こんなに幼《おさな》かったかと、金八先生は毎日のように嘆息《たんそく》した。と同時に、若い自分だったら、こんな持久戦はやらなかったろうとも思う。もっと、体当《たいあ》たりの速攻戦《そっこうせん》に出ていたはずだ。いっこうにやむ気配《けはい》のない生徒たちの私語《しご》を聞きながら、はたして、この方法でよかったのかと金八先生が自問自答《じもんじとう》をはじめた頃には、もう、蝉《せみ》の声が聞こえていた。

夏休みを終え、三Bと金八先生に残された時間もあとわずかと思われたある日、隣りの楓《かえで》中学から、いくぶんやつれた顔の小林先生が千田《せんだ》校長をたずねてきた。花子先生の産《さん》休《きゅう》を延《の》ばしてほしいというのである。蓮《れん》と名づけられた赤ん坊はすくすく育っているが、花子先生は日に日に焦《あせ》る心をかかえ、育児《いくじ》ノイローゼ気味《ぎみ》だという。人一倍がんばり屋だったのが子育てでは裏目《うらめ》に出て、育児書に書いてあるとおりにならないと、花子先生は不安のあまりパニックになる。ところが、赤ん坊はそんな母親の気持ちとは関係なく、毎日マニュアル外のことをやってみせるのだ。その上、今まですべてにおいて同等だと思っていた夫が、これまで通《どお》り出勤《しゅっきん》していくと、花子先生は置いてきぼりをくったかのような気がして焦り、赤ん坊に八《や》つ当《あ》たりしてしまうのだった。

「まだ首がすわっていない赤ん坊に、目をつりあげて、静かにしろーッって怒鳴《どな》りつけるんですよ……」

小林先生はすがるように金八先生を見た。

「私も学校がありますし、花子はどうしても夜まで一人になってしまうので、どんどん、どんどん落ち込んでいくようで……」

金八先生に長居《ながい》してほしくない千田校長は、一度は産休の延長願《えんちょうねが》いをはねつけたが、小林先生の話を聞いているうちに、顔を真っ赤にして叫《さけ》んだのだった。

「私には学校経営《がっこうけいえい》という責任があるんだ。そんなに子どもがかわいくて手放《てばな》せないんなら、最初から辞《や》めたらいい。どこの家だって母親は一人で格闘《かくとう》しているものです。そんなことでは教師失格《しっかく》です。もう戻って来なくて結構《けっこう》！」

花子先生が戻ってこないとなると、大急ぎで後任を探《さが》さねばならない。千田校長はすぐさま教育委員会をたずねた。しかし千田校長の危惧《きぐ》していた通り、和田教育長は当然という顔で金八先生の続投《ぞくとう》を勧《すす》めた。千田校長は必死だ。

「まだ、二週間あるんですよ。その二週間で坂本先生を越えるような先生を教育長にご推薦《すいせん》いただけるかもしれないわけで……」

「ご期待《きたい》に沿《そ》うよう努力《どりょく》はしますがね、坂本先生を越す教師を配置しても、生徒がなじみ、先生もまた生徒たちのくせや個性をのみ込んでいるうちにすぐに年末となりますよ。年が明《あ》ければ受験一色《じゅけんいっしょく》です。私にはそのときの生徒の動揺《どうよう》が心配で坂本先生をと申し上げたのですが、千田先生は大丈夫だとおっしゃるわけで?」

和田教育長の口調《くちょう》が厳《きび》しくなったのを感じ、千田校長はあわてて言いなおした。

「いえ、この時期、校長たる者、一番に留意《りゅうい》しなければならないのは、まさにそのことでございます。ただ、私は教育長直属《ちょくぞく》の改革推進課《かいかくすいしんか》から坂本先生をいただくことは申しわけないと思っているから、ご遠慮《えんりょ》申し上げたわけでして……」

しどろもどろの千田校長に、教育長はもとの穏《おだ》やかな笑顔でうなずいた。桜中学への帰り道、千田校長の足どりは重かった。

金八先生はまだ三Bとの格闘《かくとう》が続くのかと思うと、どっと疲労《ひろう》を感じたが、それを口に出すことはなかった。家では、幸作もショックから立ち直って、来年の受験のためにがんばっているし、乙女は、あの介護実習《かいごじっしゅう》以来、何かひとつ壁《かべ》を乗り越えたようで、ますます熱心《ねっしん》に養護学校へボランティアに通《かよ》っていた。途中《とちゅう》で投げ出したりしたら、そんな子どもたちに何と言われるかと思うと、自然と金八先生の背筋《せすじ》は伸《の》びるのだった。

Ⅲ スペシャルな転校生

コスモスの花の咲く季節、三Ｂに可憐な転校生がやって来た。鎌倉から引っ越してきた飯島弥生、みんなが〝ヤヨ〟と呼ぶこの少女は知的障害を抱えていた。

気の早いコスモスが土手《どて》で優しく首を揺《ゆ》らす頃、金八先生の三Bには可憐《かれん》な転校生がやってきた。和田教育長がなんとしても三Bに金八先生を置いておきたかったのは、教育長が引き受けたこの転校生が理由のひとつでもある。朝早く、飯島弥生《いいじまやよい》が母の昌恵とともに初めて桜中学の門をくぐるのを、金八先生はやさしい笑顔で出迎《でむか》えた。弥生は白い顔をこわばらせて、母親の手をしっかりと握りしめていた。

新入りの姿を見つけて、さっそく登校の三Bたちが寄ってくる。

「おはよう!」

祥恵《さちえ》に明るい声をかけられ、弥生の頬《ほお》にふっと微笑《びしょう》が浮《う》かんだ。

「あー、かわゆい!」

量太《りょうた》がおおげさに叫ぶ。

「カワユイ」

弥生がおうむ返しにつぶやくと、サービス精神旺盛《せいしんおうせい》の量太はさらに大きなジェスチャーで応《こた》えた。

「サンキュー! 俺、富山《とみやま》量太。なんでもまかせて」

その量太を押しのけるように、サンビーズたちが群《むら》がってくる。弥生の和《やわ》らいだ表情を見て、金八先生と昌恵はほっと見交《みか》わした。

金八先生は朝のホームルームで、父親の仕事で鎌倉《かまくら》から引っ越してきたという弥生を皆に紹介した。

「あちらに比べると、こっちは下町でちょっとガサツというか、にぎやかすぎるくらい活気《かっき》があるから、馴《な》れるまでは面食《めんく》らうこともあるでしょう。そのときは学級委員、頼むな」

「まかせといて！」

祥恵は大はりきりだ。

「先生、馴れるまで、ヤヨは私の隣りの席にしてもらっていいでしょう？」

「ヤヨ？」

「その方がかわいいじゃん、ね」

名づけ親となった祥恵がてきぱきとしきり、祥恵《さちえ》の隣りだった奈穂佳《なおか》は有無《うむ》を言わせず空《あ》いていた前の席に引っ越しさせられることとなった。その様子《ようす》を弥生は静かに目で追っている。

「はい、君の席はあそこです」

金八先生が空《あ》いた机を指《さ》し示《しめ》すと、弥生は教室の後ろに立っている母の昌恵の方を見やった。昌恵がうなずいて返すのを確認した弥生は、通路をだまって歩いていって席についた。ごめんねとかありがとうとか、せめて微笑《びしょう》なりのあいさつがあるのではないかと、奈穂佳は振りかえってみていたが、ヤヨはただおとなしく座《すわ》っている。清楚《せいそ》な雰囲気《ふんいき》で、ヤヨのまわりだけ空気が静かなのは、育ちのせいだろうか。なんとなく違和感《いわかん》を感じながら、奈穂佳は転校生の横顔をじっと観察した。隣りの有希《ゆき》はそんなことはまったく感じない様《よう》子《す》で、お近づきのしるしとばかりに、ヤヨの前にぬっとプリクラを差し出した。

「プリ帳、持ってたら貼っといて。今度、一緒に写そう、渋谷で！」

無言《むごん》のヤヨを、後ろから昌恵が心配そうに見つめている。

休み時間、金八先生は学級委員のシマケンと祥恵《さちえ》を保健室に呼び出し、それとなくヤヨの面倒《めんどう》を見てくれないかと持ちかけた。ヤヨが知的発達障害《ちてきはったつしょうがい》と聞いて、祥恵は驚《おどろ》いて素《す》っ頓狂《とんきょう》な声をあげた。

「それって、あの子、少し足りないってこと？」

「サチ！」

シマケンにたしなめられても、祥恵がきょとんとしているので、金八先生はため息をついた。

「あのね、サチは気がきくし、親切《しんせつ》だし、かけっこが早いくせに頭もよくて、私は全幅《ぜんぷく》の信頼《しんらい》をおいてるんだけどさ、ちょっと、早のみ込みというか、表現ががさつなところがないか。サチ、足りないというのと、知的な障害があるというのとどう違う？」

金八先生にそう言われると、祥恵はペロッと舌《した》を出した。

「そっか、そういうことか」

「うん、サチは人に言われて嫌《いや》な思いをすることは、人にも言わないよな？　それで、そういうサチとシマケンを信頼しての相談なんだけど」

信頼されていると聞いて悪い気はしない。祥恵とシマケンははりきって、身を乗り出した。

「実はね、ヤヨのお母さんと、それから本田先生と相談したんだけど、ヤヨのことをいきなり、この人は障害がありますとみんなに紹介するよりは、とりあえずクラスのリーダーにだけうちあけて、みんなとなじんで友だちになってもらおうってことになったんだ」

「わかりました！　そういうことなら任《まか》せてください。ね、島くん」

「飯島《いいじま》さんへの対応《たいおう》、ぼくたちにレクチャーしていただけますか？」

行動力の祥恵と慎重《しんちょう》なシマケンという学級委員コンビに、金八先生はくすりと笑った。

「ああ、もちろんさ。と言いたいところだけれど、私もはじめてなんだよ、女の子は。いや、これまでの私のクラスにはいつでも多少みんなと少しちがう子がいたけれど、みんな男子だったんだ。多動性《たどうせい》の子もいたし、学習障害《がくしゅうしょうがい》の子もいた。困ったことはまったくなかったとはいえないけれど、どの子もみんなすてきなものを持っていてね、クラスのマスコットだったり、なぜかみんながその子のことを気にかけてやりたくなったり、相対的《そうたいてき》にうまくいっていました。けど、ヤヨみたいな女の子ははじめてなんだ。だからさ、ドーンとまかせてというには、私もちょっとなぁ……」

金八先生が自信なく言葉をにごすと、祥恵はさらに瞳《ひとみ》を輝《かがや》かした。

「カワユイ！　そういう先生って好き」

「僕もです。やっと先生のことわかってきたというか、相談しやすい感じで」

「えっ」

金八先生が思わぬ反応《はんのう》にあっけにとられている間に、祥恵の頭の中はもう忙《いそが》しく回転しはじめているようだ。

「大丈夫《だいじょうぶ》。様子《ようす》をみていて、各班の班長を〝ヤヨを守る会〟の会員にします」

「ヤヨを守る会?」

「ハイッ」

祥恵の力強すぎる返事に金八先生は一抹《いちまつ》の不安を感じなくもなかったが、用心深《ようじんぶか》いシマケンと一緒《いっしょ》ならまあ大丈夫《だいじょうぶ》だろうとふんだ。登校時、自分には硬《かた》かったヤヨの表情も、人なつこい祥恵に向かってはやわらいでいたではないか。

「ただ、気をつけてほしいのは、あまり熱心《ねっしん》になって距離《きょり》をつめすぎないこと。そうすると、ヤヨはパニックを起こすことがあるそうだから。ずいぶん、改善《かいぜん》されてきてはいるようだけどね。でも、環境《かんきょう》が新しくなれば、ヤヨなりに緊張《きんちょう》しているだろうし、その緊張の糸を君たちの親切でプツッと切ったりしないでおくれよ」

〝ヤヨを守る会〟会長は、金八先生の言葉にしっかとうなずき、使命を果《は》たすべく教室へ戻《もど》っていった。

休み時間に、ヤヨは人気《にんき》の的《まと》となっていた。みながきそって転校生の気をひこうと話しかけてくる。サンビーズが、軽《かろ》やかなステップを踏《ふ》んで得意《とくい》のスピンをしてみせると、ヤヨの瞳《ひとみ》は純粋《じゅんすい》な驚嘆《きょうたん》に大きく見開かれた。

「カワイイじゃん、ああいうのをホントのかわいいっていうんだぜ」

遠目《とおめ》に眺《なが》めている伸太郎《しんたろう》や量太《りょうた》たちもヤヨに興味《きょうみ》しんしんだ。

「だろ、だろ？　けど、おれの許可《きょか》なしにチョッカイは出させねえ」

「なんでだよ」

「アホ。なんのためにこの量太サマが、いつも学年一の女好きといわれても文句を言わずに耐《た》えてきたと思ってんだ」

「じゃ、許可とるからさ、おまえ、デートとりつけてこいよ」

「なにぃ？」

すぐにいつものじゃれあいがはじまり、伸太郎と量太は奇声《きせい》をあげながら取っ組み合い、子犬のように転《ころ》げまわった。机が派手《はで》な音をたててすべり、そのとばっちりをくった周囲の女子が、二人を引き離そうと、手近《てぢか》なものを投げつける。すると、今度は、その持ち主が悲鳴をあげ、それを合図《あいず》に騒《さわ》ぎはますます大きく渦《うず》を巻《ま》く。いつの間にか、ヤヨがあとずさりして、その輪からはずれ、耳を手でしっかり覆《おお》ってその場に座《すわ》りこんでしまった。

とっくみあいとはやしたてる声の喧騒《けんそう》の中、転校生の異変《いへん》に気づいた比呂《ひろ》と智美《ともみ》、有希《ゆき》が心配そうにのぞきこんだ。

「どうしたの？　気持ち悪い？　保健室へ行こうか？」

三人はヤヨをそっと立たせようとするが、ヤヨは全身を硬《かた》くして、じっと動こうとしない。金八先生から話を聞いて教室へ戻ってきた祥恵《さちえ》は、比呂たちに囲《かこ》まれてしゃがみこんでいるヤヨの姿を見つけるやいなや、すごい勢いで走り寄ってきた。

「この子にさわるなーっ」

それは、教室の騒ぎが一瞬止まるほどの迫力《はくりょく》だった。祥恵は自分の体を盾《たて》にして、有希とヤヨの間にすべりこむと、ヤヨを抱《だ》きかかえるようにして、その場から連《つ》れだした。

翌朝、祥恵はシマケンとともにヤヨを迎《むか》えに行って、一緒に登校した。金八先生も合流《ごうりゅう》して仲よく土手《どて》の下を歩く姿を、奈穂佳《なおか》はなにか割り切れない思いで見おろしている。好奇心旺盛《こうきしんおうせい》の比呂たち三人組が走ってきて、屈託《くったく》なくその輪に加わった。スピードのある会話と騒々《そうぞう》しい笑い声に、ヤヨのしぐさや微笑《びしょう》がなんとなく似合《にあ》っていないのが、遠目にも感じられる。

いよいよ受験も現実的なものとなってきて、この日は桜中学では高校説明会が行われた。

きちんとネクタイをしめた、穏《おだ》やかなそうな高校教師が招《まね》かれており、生徒たちには写真のふんだんに盛り込まれた立派《りっぱ》なパンフレットが配られた。質問の時間になると、最前列《さいぜんれつ》の比呂がまっさきに手をあげた。

「修学旅行はどこ行くの?」

「おいおい、入試《にゅうし》心得《こころえ》の前に修学旅行かい?」

金八先生は思わずたしなめたが、高校の教師は慣《な》れているのか、優しく微笑《びしょう》した。

「いや、それがなんと言っても楽しみですからね。本校の修学旅行は三班に分かれます。海外組はカナダと韓国、国内組はそれぞれの希望を募《つの》りますが、今までは九州、または東北平泉《ひらいずみ》以北が……」

「ダサい」

教師の説明が終わらないうちに、玲子《れいこ》がグサリと口をはさんだ。

「何がダサい?」

即座《そくざ》に厳《きび》しい口調《くちょう》で金八先生が問いなおす。

「何がって、べつにぃ」

「それでは答えになっていないよ、玲子。国内旅行がダサいのか? それとも」

「私はただ、いまどき、カナダでも東北でも個人で行けるし、個人の興味で見学できるんだから、団体でゾロゾロ行くのが遅れてると……」

ふてくされた様子《ようす》でしどろもどろで言い返す玲子の言葉を、比呂《ひろ》がひきとる。

「私は有希《ゆき》や智美《ともみ》と行きたい。思いっきりダサく楽しむもん」

「どうぞ、ご自由に。でも、あんたたちみたいにシブヤに入りびたりじゃ、こんないい高校の制服は着られないんじゃないの」

「ひどーい！」

とたんに口々《くちぐち》にしゃべり始める生徒をとにかくおさえなければと、金八先生は必死だ。

「ま、ま、ま、何事《なにごと》も希望がなくてはね。おもいきりダサい修学旅行のためにも、がんばるものはがんばること。ねえ、先生？」

同意を求められて、高校教師はひきつった笑いを浮かべた。

「いいですね、みなさん意見が活発《かっぱつ》で。ほかにご質問はありますか」

「ハーイ」

祥恵《さちえ》の元気な声があがると、つられたようにヤヨが手をあげた。

「ハーイ」

「お、ヤヨも意見ありかな」

金八先生と目が合うと、ヤヨは立ち上がり、花のような微笑《びしょう》を浮かべた。

「私も行く」

「え?」

「……シューガクリョコウ」

「うん、私と同じところにしようね」

機転《きてん》をきかせてヤヨの気をひこうとする祥恵の声も、ヤヨの耳には入らないようだ。

「シューガクリョコウ、私、はじめて」

「そうか、そうか、そうだったの」

金八先生がなんとかごまかそうとする間に、生徒たちの中にざわめきがひろがっていく。

シマケンがハラハラと祥恵と目を合わせているその様子《ようす》を、玲子がじっと見つめている。

「けど、なんでヤヨは修学旅行がはじめてなんだ?」

ひときわ大きな声で伸太郎が言うと、生徒たちの勝手《かって》なおしゃべりがまた始まる。

「小学校のときはおねしょしちゃうから行かれなかった子がいたよね」

「まさか、私たち中三じゃん」

「やめろよ、ヤヨがおねしょなんてするわけねえだろ！」

ヤヨのことが気に入っている量太《りょうた》がどなる。すると、真後《まうし》ろに座《すわ》っているヤヨは澄《す》んだ声で答えた。

「ハイ」

「よかったよかった、とにかくお座《すわ》り」

金八先生が汗《あせ》をかきながらヤヨに手をふると、ヤヨもにっこり手をふっている。そんなヤヨに、奇妙《きみょう》なものを見るようなみんなの視線《しせん》が集中した。

高校説明会をなんとか終了したとき、金八先生は高校教師に対する生徒たちの行儀《ぎょうぎ》の悪いタメロと、ヤヨの存在に気をつかうあまり、疲れきっていた。職員室へ戻ると、校長が待っているという。金八先生はさらに重い気分《きぶん》になりながら、校長室のドアをノックした。

校長は立派《りっぱ》な机の前で、すでにゆでダコのように赤くなって、金八先生を待っていた。

「何か？」

「狩野伸太郎《かのうしんたろう》の給食費の件《けん》ですが」

「は？」

「何度もきちんと払うようにと督促状《とくそくじょう》を持たせているのですが、父親にも母親にもまったく払おうという意志《いし》がない」

「はぁ？」

花子先生と細かいひきつぎをする間もなく、今のクラスをうけついだ金八先生には初耳《はつみみ》である。初日に玲子の言っていた憎《にく》まれ口《ぐち》が脳裏《のうり》をかすった。仲太郎の給食費滞納《たいのう》は公然《こうぜん》の秘密なのだろう。

「しかし、狩野仲太郎の家は給食費が払えないような家庭ではないはずですが……」

「だから、よけいにタチが悪いんです！　給食費が銀行振り込みになったのをいいことに、知らん顔を通す保護者がいるということです。給食費用につくらせた口座《こうざ》にはまったく入金がないんですから」

「いったい、いつからのことですか？」

金八先生に尋ねられると、校長は口惜《くや》しそうに黙って金八先生を見上げた。

「あれは振り込みではなくて、現金でもいいんですよね」

「だから、担任であるあなたが行って、断固《だんこ》むしりとってきてくださいっ」

「むしりとる？」

「立て替えた分の全部を返せとはいいませんよ。しかし、校長がポケットマネーで穴埋《あなう》めするだろうと見くびられて、三年間食い逃げされることだけは、私には耐《た》えられないのです」

校長はほとんど涙声《なみだごえ》でそう言うと、封筒に入れた督促状を金八先生へ突きつけた。金八先生は拍子抜《ひょうしぬ》けしながら思った。毎日、金八先生を閉口《へいこう》させる、あの口の達者《たっしゃ》な仲太郎の親はどんな人物なんだろう。金八先生が知らないだけで、ひょっとしたら、仲太郎の家はかなり苦しい状況に陥《おちい》っているのだろうか。金八先生はすぐに確かめようと思いつつ、一方、給食費の滞納ぐらいで涙ぐむ校長の意外な面に笑いを噛《か》みころした。と、そのとき、校長室のドアが突然開いて、血相《けっそう》を変えたシマケンと量太《りょうた》がとびこんできた。

「先生、ヤヨが……！」

「何事《なにごと》ですか！　校長室にノックもしないで、無礼《ぶれい》きわまる！」

「どうもすみません」

生徒の代《か》わりに謝《あやま》りながら、金八先生は部屋を飛び出した。

金八先生が教室を出てから、ヤヨのことをみながあれこれ言い出し、秘密をにぎっているらしい祥恵《さちえ》とシマケンはさんざん追及《ついきゅう》されて、収拾《しゅうしゅう》がつかなくなったのだという。

金八先生が教室に着いたとき、ヤヨはすでに祥恵が保健室へ〝避難《ひなん》〟させていた。

金八先生はあっという間に、不信感《ふしんかん》でいっぱいの三Bたちに取り囲《かこ》まれた。口火《くちび》をきったのは、いつも冷静な理論派《りろんは》の奈穂《なお》佳《か》だった。

「私、先生がはっきりと私たちにも了解《りょうかい》を求めてくれたらそれでいいの。ヤヨは知恵おくれなの？　それとも違うの？」

「ちょっと待てよ！」

かわいらしいヤヨを気に入っていた直明《なおあき》や量太《りょうた》は、奈穂佳のストレートの言い方が気に食わない。

「なんで俺たちが、ヤヨがアホかアホじゃないのかはっきりさせなきゃなんねえんだ？」

「担任に答えてもらうことになったんだから、あんたたち、余計《よけい》な口をはさまないで」

玲子《れいこ》がきつい目つきで、男子をにらみつける。

「アホじゃない。知恵おくれかどうかって聞いてんのっ」

「でも、それを聞いてどうするんだよ」

喧々《けんけん》ごうごうの言い合いを、哲史《てつし》がしらっと横目《よこめ》で見て言った。

「ま、明らかに、俺たちにも授業の遅れという迷惑《めいわく》がかかるだろ」

しかし、授業の流れを滞《とどこお》らせるのは、今のところ、ヤヨではなく明らかに好き勝手に話しはじめる生徒たちの方だ。金八先生の生徒たちを見返す目が、ふいと厳《きび》しくなった。

「シマケンが顔色変えて迎えに来たから、何ごとかと飛んで来てみれば。何かい？ 君たちは私が『ヤヨは知恵おくれです』とでも言ったら、それで満足なのか？ それで安心なんですか！」

その剣幕《けんまく》に、玲子は唇《くちびる》をかみしめてうつむいた。さすがに恥じ入ったように黙り込む三Bたちの中で、奈穂佳だけが先ほどと変わらない真剣《しんけん》な眼差《まなざ》しで、金八先生にくいついてきた。

「私はそんなこと言ってない！ 私は、なんで先生は私たちを信用しないのかって、言ってるのよ！」

「え」

逆に不意《ふい》をつかれて言葉のない金八先生に、奈穂佳はさらに詰《つ》め寄《よ》った。

「ヤヨが知恵おくれとわかって安心、という人のことはどうでもいい。けど、先生は学級委員の二人には話したわけでしょ。なのに、なんで私たちには何も言ってくれなかったんですか」

「言ってもらったって、どうしようもないじゃん」

雄子《ゆうこ》が茶々《ちゃちゃ》を入れると、今度は智美《ともみ》がさえぎった。

「そんなことないよ！　ヤヨが遅れてるんなら、私たちにしてやれることだってあると思うしぃ」

「シブヤ大好き三人組が何をしてやろうってのさ」

「ひどーい！」

三Bでの話し合いはいつもこうして蛇行《だこう》しては、すぐに迷路《めいろ》に入り込んでしまう。けれど、今日は少々違った。

「今は、ヤヨをどう三Bに受け入れるかってことでしょ」

凛《りん》とした声で舞子《まいこ》が軌道修正《きどうしゅうせい》する。

「だから、私はなおさら先生にははっきりと私たちに相談してほしかったと言ってるのに」

「奈穂佳《なおか》も相当しつこいよ！」

あすかはあきれ顔だが、金八先生の胸に奈穂佳の言葉は突《つ》き刺《さ》さった。たしかに金八先生は、学級委員は別として三Bたちを信用していなかったからこそ、ヤヨのことを打ち明けなかったのだ。もう半年も一緒にいる生徒たちを信用できなかったという事実。金八先生のとった方法は、奈穂佳のように喧騒《けんそう》の中でも黙ってじっと金八先生の話に耳を傾けていたかもしれない幾人《いくにん》かの生徒たちの誇《ほこ》りを傷つけたといわれても仕方《しかた》がなかった。

「だからさ、先生は学級委員二人だけじゃなく、班長にも協力してもらうようにと言ってくれたばかりなんだってば」

シマケンが必死でとりなすと、玲子が面倒《めんどう》くさそうに言い放《はな》った。

「いいじゃん、決まりぃ。あの子を三Bでどう受け入れるかなんて、カッコつけたこと言ったって、そんなの面倒っていうのもいるんだから、班長さんにまかせとけば」

金八先生は情《なさ》けなかった。玲子にそんな投げやりな発言をさせるのも、自分の力不足だという気がする。ヤヨのことで、担任の自信のなさを、奈穂佳や玲子は敏感《びんかん》に見透《みす》かしたのかもしれない。金八先生は真正面《ましょうめん》から向き合わなければ、と腹をくくった。

「そうだね、玲子。そういう考え方もあります。つまり、私は最初にヤヨの知的発達障《ちてきはったつしょう》害《がい》についてみんなに公表《こうひょう》しなかったのは、次第《しだい》に気づいてくれる人もあるだろうし、ヤヨを通《とお》して世の中にはさまざまな障害を持つ人がいるということを学んでもらえればいいなあと思ったからです。もちろん、ある時期、というのは、私もヤヨのことが本当に理解できてきたら、みんなに話すつもりでした」

するとと、量太《りょうた》が得意そうに手をふった。

「おれ、おれ。おれは気がついたもん。あいつ、先生がバイバイって手をふったら、こんなふうに自分に向かって手をふったじゃん。あれって、やっぱ変だったしさ、それに、あいつカワユイじゃん」

「また、始まった。量太の女ったらし！」

有希《ゆき》が後ろから量太の頭をたたいたが、意外にも、康二郎《こうじろう》や博明《ひろあき》がいつものようにひやかすどころか、量太の言葉に賛同《さんどう》した。

「うん、絶対カワユイと思う」

「ほらみろ。きれいなヤツはほかにもいっぱいいるよ。けどさ、ヤヨのはそれとは違うカワユサなんだ。ほら、なんか意地悪《いじわる》してはいけないようなカワユサ」

女子の中にも、なんとなく量太の言わんとすることがわかる者がいるようだ。

「そうかも。だから、サチなんか、守ってやらなきゃなんないような気になって、がんばっちゃってんだ」

ヤヨの障害をめぐって騒ぎ出した三Ｂの教室に、話をさせてほしいと駆けつけたヤヨの母・昌恵。三Ｂはヤヨにとって、はじめての普通学級だった。

いかにも納得《なっとく》という顔で、飛鳥《あすか》がうなずいている。玲子の途中《とちゅう》からの介入《かいにゅう》で担任との対話が中断されていらだつ奈穂佳《なおか》が、なおも口を開こうとしたとき、教室の後ろのドアが開いて、ヤヨの母親の昌恵と祥恵《さちえ》に付き添われたヤヨが姿をあらわした。さすがに気まずく、一同《いちどう》は沈黙《ちんもく》した。

「申しわけありません。弥生《やよい》のことで皆さんにご迷惑《めいわく》がかかっているように、教頭先生からお知らせを受けたものですから」

「いえ、決して、そんな」

金八先生はうろたえた。

「すみません。みなさんに少しお話とお願いをしてもよろしいでしょうか」

「あ、はい、もちろんです」

金八先生に紹介されて、昌恵は教壇《きょうだん》に立った。ヤヨはその隣に立って、母親の手をしっかりと握《にぎ》っている。

「ごめんなさい。お教室へいつ入らせていただいたらいいかと廊下《ろうか》にいたので、皆さんのお話、少し聞いてしまいました」

いくつかの顔が決まり悪そうにうつむいたり、こっそり目配《めくば》せしたりしている。奈穂佳《なおか》の真剣なまなざしが、昌恵の知的な瞳《ひとみ》に注《そそ》がれている。

「私と弥生が皆さんにお願いしたいことは、たった一つなんです。たしかにこの子は知《ち》的発達障害児《てきはったつしょうがいじ》ではあります。けれど、決して騒いでお授業をめちゃくちゃにするようなことはいたしません」

「でも、黙《だま》って教室出てっちゃったりするんでしょ」

「うんうん、一年生にいるよね。わーっと叫《さけ》んで机の上を歩いてどっか行っちゃう子」

「それはヤヨの勝手《かって》だけど、ぼくはそのたびに授業が中断《ちゅうだん》されるのは困《こま》ります」

「私だって」

いつものように生徒たちが口ぐちにしゃべりだすのを、昌恵は黙って聞いていた。自分のことを言っているとわかっているのか、ヤヨは発言するクラスメートへそのつどにひたと目を向けるのだが、切《き》れ長《なが》の瞳は静かで、怒りや悲しみの影すらない。ひとしきり発言が出つくすと、昌恵はおだやかに続けた。

「いろいろと心配してくれてありがとう。弥生は知的障害ですけれど、でも、障害にはほんとにたくさんのタイプがあって自閉症や学習障害など、図書室にわかりやすい関連の本を置かせていただいたので、よかったら目を通《とお》してみてください」

「あのさ、中三って受験生だぜ」

「そんな時間ないの」

「それでなくたって、今度の担任、朝の十分間読書とかいってうるさいしさ」

口をさしはさむのは、授業中に机の下でゲーム機やケイタイを握りしめている面々だ。

「いい加減にしなさいよ。ヤヨのお母さんが君たちにお話ししてくださるというのは、ヤヨのためだけじゃない、君たちのためでもあるのに、なんて口のききかたですか、大人に対して。君たちは自分の親にもそんなにするのかね」

「そんなもこんなも、うちのお母さん、テレビ通販《つうはん》の話しかしないもん」

「言っているそばから、こういう言葉づかいです。どうもすみません。お続けください」

昌恵に頭を下《さ》げる金八先生の背後《はいご》から、比呂《ひろ》のうんざりしたような声が飛ぶ。

「まだ、あるの?」

金八先生がかっとなって振り返ると、思わぬところから声が出た。

「私は教えてほしいです」

麻子《あさこ》がまっすぐに昌恵を見つめていた。奈穂佳もだ。

「ありがとう。この子が生まれたとき、みなさんが無事《ぶじ》に生まれてご両親がどれほど喜ばれたことか。私もまったく同じでした」

昌恵はゆっくりと語りはじめた。

「でも、本当は皆さんと同じではないとわかったときは、どうしていいかわかりませんでした。でも、弥生《やよい》と同じような子がいて、力を貸してくださる方がいて、養護学級ではあったけれど、小学校にも通《かよ》えました。でも、なかなか言葉がわからず、口もきけなくて
……」

今のヤヨは少し反応が遅いが、それほど自分たちと違うとも思えない。一同《いちどう》の視線があらためて昌恵の横に立っているヤヨに注《そそ》がれる。いっせいに向けられた顔をヤヨは静かに見ているが、昌恵にだけは、無言《むごん》のヤヨが握りしめてくる手の強さから、ヤヨの緊張がわかる。それがせつなくて、昌恵はそっと娘の肩《かた》に手をかけた。

「それは、今でもみなさんと楽しくお友だちとしてお話しするというのは難しいし、あまり長かったりわかりにくい話だと完全には理解できないことはあるけれど、自分の意思《いし》は伝えられるようになりました。このまま前の学校へ通えればいいのですけれど、鎌倉《かまくら》までは一人ではむりですし、こちらでは養護学校ではなく、じゅうぶん普通中学を卒業できますよと、教育委員会のアドバイスをいただき、私も弥生もどんなにうれしかったことでしょう」

もはや、昌恵の真摯《しんし》な告白《こくはく》に、正面きって茶々《ちゃちゃ》を入れる者は一人もいない。昌恵は淡々《たんたん》と続けた。

「私は確かにこの子の親ですけれど、年の順からいえば、私が先に死にます」

浩美《ひろみ》が細い笛《ふえ》の音《ね》のような悲鳴をあげ、三Bたちはぎょっとなった。

「そのとき、この子はどう自立して生きていくか……。ですから弥生がこのクラスでみなさんと一緒にやっていけるということが、私にとってひとつの希望の光になると思ったのです。高校についてはまだどうなるかわかりませんけれど、来年三月まで、どうか弥生をこのクラスの子として卒業させていただけませんか。私たち母子《おやこ》にとってこの桜中学三年B組がはじめての普通学級なんです」

いつも騒々《そうぞう》しい教室が水を打ったようにしんとなった。沈黙《ちんもく》を破《やぶ》ったのは、奈穂佳《なおか》だった。

「わかりました。私はヤヨにハンデがあることをあれこれ騒ぐつもりはなかったんです。ただ、あるがままにつきあっていきたいと思ったので。大騒ぎになってしまってごめんなさい」

「ありがとう」

笑顔で答える昌恵の瞳《ひとみ》に涙が光っている。突然《とつぜん》、真佐人《まさと》がしゃくりあげた。

「どうしたんだよ、おまえ」

制服の袖《そで》で目のあたりをこすりながらすすり泣く真佐人を、サンビーズ仲間の康二郎《こうじろう》がびっくりしてつついた。

「なんか、いい話なんだか、悲しい話なんだか、よくわからなくて……」

「だったら、変な声で泣くな」

「いいや、ちゃんと泣ける真佐人はすてきだよな」

金八先生の顔にも、久《ひさ》びさに穏《おだ》やかな笑顔が浮《う》かんでいた。

「お母さん、ほんとにつらい思いもおありだったでしょうが、弥生《やよい》さんについて教えてくださってありがとうございました。けれど、私はここで、三B全員で弥生さんと仲良くします、というような決《けつ》はとりません。もっと自然に自由に、その方がヤヨが本当の仲間になってくれると思いますので」

「はい」

昌恵は深ぶかと頭を下《さ》げた。ヤヨはぎゅっと握っていた指をゆっくりと母親の手から離し、祥恵《さちえ》にそっと付き添われて自分の席に戻った。

「大丈夫だね」

「ダイジョウブ」

金八先生の笑顔に、ヤヨは微笑《びしょう》を返す。

「ヤヨ、オレが〝ヤヨを守る会〟の会長、な」

「ナ」

振り向いた量太《りょうた》にも、ヤヨはふわりと笑って応《こた》えた。

「かー、こいつ、やっぱ、カワユイよ」

感嘆《かんたん》する伸太郎《しんたろう》を、量太はキッとにらみつけた。

「そんなこと、おまえだけには言わせたくない！」

教室がなごやかな笑いにつつまれていく中、金八先生は最近、熱心に養護学校のボランティアに通っている乙女の言葉を思い出していた。

「養護教諭の青木さんがいつも言ってるの。スペシャルの子たち、つまり知的障害のある子たちは人を疑《うたが》うことを知らない。だから、世話をしていても自分の心が洗われるような気がするんだって」

ヤヨの存在がささくれ立っていた生徒たちの心を洗ってくれたのかもしれない、と金八先生は一人ふえて新しくなった三Bの生徒たちをあらためて眺《なが》めやった。

Ⅳ 兄と弟のいる風景

目立ちたがり屋の“ソン”こと園上征幸には、一年生の弟・幸夫がいた。兄に比べいつも何かに怯えているような幸夫の片方の耳には補聴器が入っていた。

ヤヨは思いのほかすんなりと三Bになじんでいった。祥恵《さちえ》が常にガード役としてそばについていたせいかもしれない。使命感《しめいかん》に燃える祥恵は、ヤヨが来てから今まで以上のはりきりようで、ヤヨが安心して過ごせるようにと、教室内の交通整理《こうつうせいり》もしていた。ヤヨを独《ひと》り占《じ》めするなとばかりに、ヤヨの周《まわ》りにはいつも量太《りょうた》や〝車掌《しゃしょう》〟、奈穂佳《なおか》や舞子《まいこ》、比呂《ひろ》、有希《ゆき》、智美《ともみ》の三人組などがむらがって、にぎやかだ。ヤヨに気をつかう生徒が増えたせいか、以前のようなケンカや大騒ぎも少なくなった。

金八先生もまた、三Bたちとともにヤヨとのつき合い方を模索《もさく》中である。金八先生は今年ほど、乙女《おとめ》という専門家の卵が家にいることを頼《たの》もしく思ったことはない。乙女は金八先生、里美《さとみ》先生以上に研究熱心な教師になりそうだった。養護学校《ようごがっこう》の研修《けんしゅう》やボランティアから帰ってきた乙女は、必ず夕食の席でその日の体験を報告する。感激《かんげき》と充実感《じゅうじつかん》に興《こう》奮《ふん》しながら、見てきたこと、体験したこと、考えたことをしゃべる乙女を、金八先生はときには笑い、感心して聞いた。

ところが、あまりに乙女が楽しそうだと、金八先生はなぜか不機嫌《ふきげん》になる。そのうちに、父親が不機嫌になるのは、話に青木先生が登場するときだ、と乙女は気づいた。介護実《かいごじっ》習《しゅう》の初日に出会った、アザのある男性教諭《きょうゆ》である。出会いは気まずかったが、その人柄《ひとがら》を知るにつれ、乙女は青木に惹《ひ》かれ、尊敬《そんけい》せずにはいられなかった。恋人がいない方がおかしいくらいの娘の歳を十分理解しながらも、青木先生は自閉症児《じへいしょうじ》の扱いがめっぽうまいと乙女が褒《ほ》めちぎると、金八先生の胸はひそかに傷つくのだった。

ある日、乙女は養護学校の生徒たちと乗馬体験《じょうばたいけん》に行った。なんでも、人間の気持ちの理解できる大きな動物と接することは、知的障害や身体障害のある人たちのリハビリにもとても効果があるとのことだった。そこで、自閉症の子どもを腕に抱《かか》えながら、青木先生がみごとな乗馬術を披露《ひろう》したものだから、その夜、乙女の話題は青木先生一色《いっしょく》だった。予備校と家の往復ばかりの幸作は、うらやましそうに嘆息《たんそく》した。

「姉ちゃんはいいなあ。それに、北海道の牧場主の息子《むすこ》だなんて、格好《かっこう》いいじゃん」

「うん。そして、とにかく優しいの。子どもにも馬にも」

「姉ちゃんにもか？」

「もちろんよ」

金八先生がジロリとにらむ。

「そういうのにはよくよく気をつけなさいよ。子どもにも馬にも女の子にも愛嬌《あいきょう》ふりまく八方美人《はっぽうびじん》など信用できないっ」

「だって私、生まれてはじめて馬に乗せてもらったのよ」

「後ろからこうやって抱《かか》えてもらってか？　いやらしすぎます」

金八先生は不快《ふかい》な光景《こうけい》を振りはらいでもするかのように、頭をふった。

「いいえ、手綱《たづな》をひいて歩かせてくれただけ。それだってすごい体験学習だった。馬の背中ってとっても大きくて安心できて、つやつやした毛並《けな》みから同じ生き物なんだって、体温やにおいも感じられて、私、はまっちゃいそう」

パチリと箸《はし》をテーブルに置き、金八先生はうっとりと馬上《ばじょう》の人となっている乙女の回想《かいそう》を破《やぶ》った。

「はっきりさせましょう。お姉ちゃんがはまりそうなのは、お馬さんなの、それとも牧場主の息子？」

さすがの乙女も、父親の単刀直入《たんとうちょくにゅう》な詮索《せんさく》にむっとしたようだ。けれど、金八先生の目に心配と嫉妬《しっと》が揺《ゆ》れ動いているのを見ると、イタズラっぽくにっこりして言い放《はな》った。

「両方じゃいけません？」

「えっ」

うろたえる金八先生を残して、乙女はさっさと食事をすませた。

娘をとられるような気がして内心複雑《ないしんふくざつ》な金八先生とは違い、三Bたちはもっと素直《すなお》に乙女からヤヨとの付き合い方を学んでいった。ヤヨが参加するという「オリンピック」ならぬ「オリンピックス」のことも、〝ヤヨを守る会〟のメンバーたちが金八先生の家におしかけ、乙女からレクチャーを受けたのだった。なかなか、新三Bたちと信頼関係を築《きず》けないでいる金八先生だったが、ヤヨが架《か》け橋《はし》となり、祥恵《さちえ》、シマケン、量太《りょうた》、車掌《しゃしょう》が金八先生の家へやってきた第一号となった。パラリンピックは最近テレビでも紹介されていて、身体障害者のオリンピックだが、スペシャルオリンピックスといわれている知的障害者《ちてきしょうがいしゃ》の大会はあまり知られていない。四人は乙女のビデオテープによるレクチャーでスコットランドで行われたスペシャルオリンピックスの大会の映像を食《く》い入るように見つめた。その大会が二〇〇五年に日本で開催されるという。

「すげえ。ヤヨ、これに出るのかよ」

「青木先生に大会のボランティア参加を誘《さそ》われたの。トーチランといって、聖火《せいか》リレーもアテネのときと同じ。でも、主役はあくまでスペシャルの人たち、つまり知的障害の人だからサポートがほんとにしっかりしないとね」

「よし、そのサポート、おれたちがやる」

四人はすっかり乗り気で、他の三Bたちを誘う相談をはじめた。

「なるほど。このデコボコたちをその気にさせる、そういう力があるから、あの人たちをスペシャルっていうんだなぁ」

「そうよ。スペシャルたちには不思議な力があるのよ」

金八先生の言葉に、乙女は満足げにうなずいた。


こうして三Bの一部にはヤヨを中心にした動きが生まれたのだが、その動きもクラス全体をひっぱっていくにはまだ弱かった。金八先生は、相変《あいか》わらず三Bをまとめきれずにいる。なかでも手こずっているのが狩野伸太郎《かのうしんたろう》だ。伸太郎はまるで教室でのイニシアティブを金八先生には奪《うば》われまいと心に決めているかのようだ。

彼は絶対に、金八先生を先生とは呼ばなかった。伸太郎が「担任」と呼びかける声には、小間使《こまづか》いを呼びつけるようなニュアンスがこめられている。正面きって勝負をしかけるのではなく、笑いの中に毒針《どくばり》をひそませるような伸太郎のやり口に、金八先生は翻弄《ほんろう》されっぱなしだった。真剣《しんけん》になればなるほど、伸太郎の巧《たく》みな茶々《ちゃちゃ》で〝頭の固いオジン教師〟を演《えん》じさせられてしまうのだ。

その伸太郎から、給食費をむしりとってこいという校長命令が下《くだ》った。金八先生は伸太郎を保健室へ呼びだした。いくら相手があのふてぶてしい伸太郎だとはいえ、お金のことで皆の前で傷つけないようにとの配慮《はいりょ》からだ。それと同時に、いつもふざけてばかりの伸太郎と、さしでまじめに話ができるのでは、という淡《あわ》い期待《きたい》もあった。いつもの憎《にく》まれ口がポーズであるなら、伸太郎の神妙《しんみょう》な顔、素顔《すがお》が見られるかもしれない。ひょっとしたら、給食費が払えない何らかの事情、肩身《かたみ》の狭《せま》い思いを隠《かく》すために、わざと軽口《かるぐち》をたたいて、強がっているのかもしれない。金八先生は保健室へ入ろうとして、あやうく出てきたしゅうとぶつかりそうになった。

「あれ、どうしたんだ、しゅうは?」

さっと目をそらすしゅうの代《か》わりに、本田先生が奥から出てきて言った。

「ごめんなさい。本当は担任の先生に断《こと》わってからでないといけないことになっているんですけど、さっき廊下《ろうか》ですれ違ったときに、この子、手に血をにじませてたから、とりあえず消毒《しょうどく》だけでも、と思って。階段ですべったんですって。ね」

「はい」

しゅうはおびえたような目つきでちらと金八先生を見やって、口の中で返事をすると、急ぎ足で去って行った。

「何か、私にはそっけないんですよね」

金八先生がため息をつくと、保健室のドアからひょっこりと仲太郎が顔をのぞかせた。

「何か用なら、早く言えよ、担任」

「給食費の督促状《とくそくじょう》だ。持って帰ってお母さんに渡しなさい」

「なんだ。そんなことか」

「なんだ、じゃないぞ。校長先生から聞いたけど、給食費、全然振り込んでないそうじゃないか」

「おれ、そんなことわかんねえもん」

「だから、ちゃんとご両親に渡すこと」

「はいはい」

仲太郎は目を合わそうともせず、面倒《めんどう》くさそうに督促状の入った封筒《ふうとう》をポケットにつっこんだ。

「それからな」

「なんだ、まだあんのかよ。いっぺんに言えよ」

「まだお話があるのですか、だろ」

「あん？」

「来年は高校生だろ。目上《めうえ》の者に向かってちゃんとした日本語を使えないようだと、あとで後悔《こうかい》するぞ！」

「うへ、おっかね」

小ばかにしたように眉《まゆ》をぴくつかせている伸太郎に、本田《ほんだ》先生があきれ顔で口を出した。

「ちゃんとお礼を言いなさいよ」

「なんでよ？」

「いまどき、ちゃんと注意して、教えてくれる人ってありがたいんだから」

「ありがたや、ありがたや。あー、ナンマイダ」

伸太郎は金八先生を拝《おが》むふりをすると、ニヤニヤしながら出て行った。その後ろ姿を見送りながら、金八先生はさらに大きなため息をついた。

この日のホームルームではシマケンたちの提案で、ヤヨの参加するオリンピックスについて話し合われていた。青木先生や乙女と一緒に〝ヤヨを守る会〟の面々は土曜のヤヨの練習に参加した。聖火《せいか》をかかげて走るヤヨの周囲をサポートしつつ走った彼らはすっかり感激して、さっそくこの輪を広げようと思ったのだった。スペシャルオリンピックスについて説明する祥恵《さちえ》の表情は誇《ほこ》らしげだ。一歩遅れをとった玲子《れいこ》が、冷ややかに言い放《はな》った。

「なんで私たちが、マイナーでよくわからないものに参加しなくちゃいけないのよ」

「この大会をマイナーと思う玲子の意識の方が超マイナー」

祥恵も負けてはいない。金八先生が祥恵を助けて説明する。

「学級委員提案《ていあん》のオリンピックスは冬の大会です。それと、出場する選手の参加資格は知的発達障害者《ちてきはったつしょうがいしゃ》であること」

すると、仲太郎がいつもの茶々《ちゃちゃ》を入れる。

「それって、知恵おくれのアホのこと?」

「ああ、そうだ。知的障害者の人をアホという仲太郎の方がよっぽどアホだがな」

「なんだよっ」

金八先生にぐさりと言われて、仲太郎は凄《すご》んだが、今日は仲太郎のほうが分《ぶ》が悪い。

「議事進行《ぎじしんこう》!」

「仲太郎、うるさい」

いつもは仲太郎とともに騒ぐお祭り好きのサンビーズや比呂《ひろ》、有希《ゆき》、智美《ともみ》たちだが、盛大《せいだい》なオリンピックスの映像に興味をそそられたらしい。

「ヤヨ、かっこいいんだぞ」

「それに、コーチの人がいてちゃんとルールを教えてくれるしさ」

「テレビに出たら最高じゃん」

シマケンが次の練習日を告《つ》げると、バラバラと参加希望者の手があがった。

「了解《りょうかい》、了解。な、車掌《しゃしょう》」

先輩ぶって量太《りょうた》は車掌に目配《めくば》せした。が、車掌は浮《う》かぬ顔だ。

「おれは行かない」

「なんでだよ!」

「赤アザはうつるんだよ」

「えっ」

目を丸くしている量太の顔を見返して、車掌は気味悪《きみわる》そうに続けた。

「あのコーチの顔、でっかい赤アザがあったろ、うつるから近寄《ちかよ》るなってうちのばっちゃ

「赤アザはうつる」という生徒の言葉にきちんと対応できなかった金八先生は
その夜、娘の乙女に激しく追及される。「血管腫がうつるなんて迷信でしょ！」

んが言ったんだ」

「うそーっ」

小さなざわめきとともに、あがっていた手がいくつか引っ込められた。


その夜、金八先生の話を聞いた乙女は烈《れっ》火《か》のごとく怒《おこ》った。

「それでお父ちゃんは、なんと答えたわけ？」

「だからさ、あまりにいきなりでお父ちゃんだって何かドギマギしてしまって……」

「つまり、青木先生の単純性血管腫《たんじゅんせいけっかんしゅ》という赤いアザが子どもたちにうつる、そういう性格のものだと思っているわけですか」

乙女の詰問調《きつもんちょう》に、金八先生はたじろいだ。

「いや、そんなこと思ってませんよ」

「だったら、なぜ自分の担任の子にちゃんと説明してくれなかったわけ？」

「お姉ちゃん、あんた牧場のせがれのことになると、どうしてそんなに父ちゃんを怒るのよ」

「怒りたくもなるわよ。だって、青木先生のことだけじゃないわ。お父ちゃん、私が買ってきたユニークフェイスの本、自分の部屋に持っていってたでしょ。読んでいたのなら、病気やケガや生まれつきで、顔に人と違った傷を持ったために、どれほどつらい思いや差別にあってきた人たちがいるかということ、知ってたはずよ。血管腫がうつるですって？　バッカみたい。それこそすごい迷信《めいしん》じゃない。迷信を正し、科学的根拠《こんきょ》をあきらかにして学習に結びつけるのが教師のお仕事じゃなかったんですかっ」

乙女は怒《いか》りのあまり、涙ぐんでいた。乙女の方が正論だ。金八先生は頭を下《さ》げるしかない。けれど、青木先生という人物に対するもやもやした気持ちを、娘に説明するのは難しかった。

「おっしゃるとおりです」

「だったら、どうして？」

「こればっかりは理屈《りくつ》じゃないんだよ。いくらなんでもお父ちゃんだって赤いアザは他人にうつるなんて思ってないさ。まして、今回転校してきたヤヨは知的発達障害《ちてきはったつしょうがい》だ。幸《さいわ》い軽度《けいど》だし、ご両親も普通学級で普通の友だちとして接してもらえばそれでよし、と余計《よけい》な注文はつけずに任《まか》せてくれている。それだけだって責任の重大さを痛感《つうかん》してますよ……」

「話をそらさないで！」

「だから、理屈《りくつ》じゃないと言ってるだろ！」

「いいえ、理屈で話してください」

乙女の、逃《に》がさない、というような視線《しせん》にあって、金八先生は腹をくくった。

「わかった。じゃあ、一度家に連《つ》れて来なさい」

「なんで？」

「なんでって？」

「彼のアザの大きさを測《はか》って交際を認めるとでも言うつもり？」

強気《つよき》な口調《くちょう》とうらはらに、乙女の声はふるえていた。

「別に認めてもらわなくたって結構《けっこう》よ！　目下《もっか》、私たちの関係は養護学校の先輩後輩以外の何ものでもありません。それなのに……！」

「お姉ちゃん」

「〝スペシャルたちは、人間の限りない可能性の中で、最も貴重なものの一つの『信頼』という精神を我々に与えてくれる〟――ユニス・ケネディ・シュライバーの言葉です。今世紀失われようとしている最大の脅威《きょうい》は人としての信頼ではないの? 私は、それを養護学校で学びつつあるのです。お願いだから、程度《ていど》の低い茶々《ちゃちゃ》を入れないで!」

乙女は父親に真正面から非難《ひなん》を投げつけると、階段を駆け上がって行ってしまった。取り残された金八先生はがっくりと肩《かた》を落としたまま、恨《うら》めしげに里美《さとみ》先生の遺影《いえい》を見上げた。

「お母ちゃん……どうすりゃいいんだ。だから、あんた、早く逝《い》きすぎたよ。私は今、娘に程度が低いとか、言われてんですよ……」

翌朝の食卓《しょくたく》で乙女の目が腫《は》れぼったいのを見て、金八先生の胸はチクチクと痛《いた》んだ。娘との会話を反芻《はんすう》すればするほど、自分に非《ひ》があったと思わざるを得《え》ない。そして、なぜ、あのときすぐに自分は教室でアザは伝染《でんせん》しないのだともっとキチンと説明しなかったかと、金八先生は朝から自己嫌悪《じこけんお》に陥《おちい》った。

チャイムが鳴って、ぼんやり学校の階段を上がっていくと、何か足の下でジャリっと音がする。見ると、小さな肌色《はだいろ》の部品のようなものだ。金八先生には見覚《みおぼ》えがないが、何やら精巧《せいこう》なつくりをしている。金八先生は教室へ入ると、その器械《きかい》の残骸《ざんがい》をかかげてたずねた。

「誰か、これ、知っていますか？　階段で踏《ふ》んでしまったらしいんだけど、なにかな、これ？」

「ピーナッツ？」

金八先生の指先に目をこらしていた淳《じゅん》が言うと、仲太郎《しんたろう》がすぐに、後をひきとる。

「担任、拾《ひろ》い食《ぐ》いか？」

仲太郎の茶々《ちゃちゃ》にだいぶ慣《な》れっこになってきた金八先生は、仲太郎を無視《むし》して、皆に見えるように落とし物を持つ手をさらに伸《の》ばした。

「心当たりがないなら捨てちゃうけど、中に何か入ってるみたいだし……」

「もしかして、補聴器《ほちょうき》？」

最前列《さいぜんれつ》の麻子《あさこ》に言われて、金八先生はハッと手元《てもと》を見つめた。確かに、耳に入れるとぴったりな形だ。

「あ、そうか。補聴器だったんだ！」

金八先生が言うやいなや、園上《そのがみ》ことソンが顔色を変えて後ろの席から出てくると、麻子を怒鳴《どな》りつけた。

「どこにあった！」

麻子の制服の襟《えり》をつかんだソンの手を、金八先生はあわてて払おうとした。けれど、それよりも早く、ソンはものすごい形相《ぎょうそう》で教室を飛び出していった。いつもはやんちゃで明るいソンの豹変《ひょうへん》ぶりに、一同《いちどう》はあっけにとられていた。

「先生、ヤヨが！」

祥恵《さちえ》のただならぬ声に振りかえると、ヤヨが蒼白《そうはく》な顔で硬直《こうちょく》している。

「ごめんな、ヤヨ。大丈夫だよ、なんでもないよ」

「……オウチニ　カエル」

金八先生はあわてて、ヤヨのそばに寄った。

ソンはまっすぐに弟のいる一年A組の教室へ走っていって、ためらいなくドアを乱暴《らんぼう》に開けた。

「誰だ！　俺の弟にヤキ入れたやつは！」

ソンは怒《いか》りに燃える瞳《ひとみ》で、席についている一年生の顔を見渡《みわた》した。朝の十分間読書の最中だった教室は、突然の闖入者《ちんにゅうしゃ》にいっそう沈黙《ちんもく》を深くした。ライダー小田切《おだぎり》とシルビア先生が驚いて、ソンを教室の外へ押し出そうとする。

「ドントパニック！」

けれど、ソンは先生には目もくれず、自分の席に縮《ちぢ》こまって座《すわ》っている弟の幸夫の側《そば》に行き、幸夫の肩をゆすった。

「言えよ、幸夫。いたずら半分におまえの耳から補聴器《ほちょうき》をほじくり出したヤツは、どいつとどいつだ！」

猛《たけ》り狂《くる》っている三年生に関《かか》わりたくなくて、黙《だま》りこくっている幸夫の同級生たちを、ソンは睨《ね》めまわした。ひたと目が合った視線がある。

「また、おまえか！」

「ち、ちがいます！」

天野隆が首を振る前に、ソンはもうこの一年生の胸倉《むなぐら》をつかみあげていた。

「落ち着け！　いきなり怒鳴《どな》り込んできて、何がなんだかさっぱりわからないじゃないか」

廊下に落ちていた補聴器が弟の幸夫のものであることを知ったソンは、幸夫のいる教室に飛び込み、「やった奴は誰だ！」と天野隆の胸ぐらをつかみあげた。

ライダー小田切《おだぎり》が後ろからソンを羽交《はが》い絞《じ》めにすると、ソンはめちゃくちゃに、周りの机を蹴《け》った。悲鳴があがり、教室はパニックだ。

三Bでは金八先生と三Bたちが必死にヤヨをなだめていたが、血相《けっそう》をかえてやってきたシルビア先生の姿を見て、有希《ゆき》が金八先生を押しやった。

「先生、早く！　弟のこととなるとソンは何するかわからないとこあるから」

「わかった。ヤヨを頼むぞ、みんな」

金八先生が息を切らしながら一Aへ来たときには、生徒は総立《そうだ》ちで乱闘《らんとう》を遠巻《とおま》きにしていた。ソンのストレートをくらって、隆は机もろともにふっとんだ。なおも隆につかみかかろうとするソンとライダー小田切が真ん中でもみあっている。

「やめてよ！　兄ちゃん！　頼むからやめてよ！」

幸夫が泣き声でソンを止めようとしていたが、ソンはおさまるどころではなかった。

「うっせえ、おれはもうがまんできねえんだ。立て！　このうす汚《ぎた》ねえ卑怯者《ひきょうもの》！」

「乱暴はやめろ！　やめなきゃ、俺が相手だ」

ライダー小田切一人では、上背《うわぜい》のあるソンを押さえつけるのは無理だ。ソンはもがきながら吼《ほ》えていた。

「くそっ！　なんで先公《せんこう》はいじめたヤツの味方するんだ！　なんで弱いもんを守ってくんねえんだよ！」

駆けつけた金八先生は、とっさにソンにとびついて、押さえようとしたが、ソンの力強い腕にあっけなく跳《は》ね飛ばされ、したたか腰《こし》を打った。自分とソンとの力の差を思い知らされる一撃《いちげき》だった。隆は口の端《はし》に血をにじませて倒れている。

ソンがライダー小田切を振りとばすのも時間の問題かと思われたとき、ガタガタと音をたてて、直明《なおあき》が飛び込んできた。親友のただならぬ様子《ようす》を心配して、金八先生の後を追ってきたのだ。見ると、三Bたちの幾人《いくにん》かが、教室の入口から中をのぞきこんでいる。直明は、ソンの体を正面からガッチリとらえて、叫《さけ》んだ。

「バカ！　三年生が一年生に暴力ふるってどうする！」

直明に揺《ゆ》さぶられて、ソンはようやくわれにかえったようで、荒い息をしながら動きをとめた。金八先生はぼうぜんと床《ゆか》に座《すわ》ったまま、直明の力強い説得を感嘆《かんたん》の思いで眺《なが》めていた。

乱闘《らんとう》がやむと、生徒たちが口々にしゃべり始めたが、シルビア先生にたすけ起こされた隆の口から血がしたたり落ちると、女子が甲高《かんだか》い悲鳴をあげた。

騒然《そうぜん》とした空気の中、やはりソンが心配で様子《ようす》を見に来ていたしゅうは、見覚《みおぼ》えのある二人の少年の顔を見つけた。今朝《けさ》もわずかに遅刻《ちこく》して登校したしゅうは、チャイムが鳴って廊下《ろうか》の人影がほとんどなくなっていたその時間、二人の少年がふざけながら、幸夫の両腕をとり、ひきずるように歩いていったところを目撃したのだ。今は、まわりの騒音のせいで二人の声は聞こえなかったが、ほとんどの生徒たちがおびえ、心配そうな表情をしている中で、その二人だけは隆やソンの様子を楽しんでいるように見えた。

金八先生がまだ興奮《こうふん》の冷《さ》めないソンと弟の幸夫を職員室へ連《つ》れていくと、国井《くにい》教頭はきびしい表情でソンを叱《しか》った。

「何があろうと暴力はいけませんっ」

「そんなことわかってる。けど、ひでえじゃん、くやしいじゃん」

ソンはまだ荒い息をしながら、しょんぼりとうつむいている幸夫を横目《よこめ》で見た。

「ソン、おまえの気持ちはわかるけど、相手を殴《なぐ》って、それで済《す》む問題じゃなかろう」

「おれがくやしいって言ってんのは、こいつが仕返《しかえ》しをこわがって、相手の名をおれに教えないからさ」

「だって、兄ちゃんが卒業したら、あとはおれ一人になっちゃうじゃないか。だからスポチャンもはじめたんだし……」

消え入りそうな声だった。金八先生は似ていない兄弟だなあと、ソンと幸夫を見比《みくら》べた。目立《めだ》ちたがり屋で元気なソンに比べ、幸夫はなるべく小さく、目立たなくなりたがっているようだ。会話がよく聞き取れないからなのか、それとも、何かにおびえているのか。

「スポチャン結構《けっこう》。でも、幸夫は一人にはならないよ。私だって、教頭先生だっている。……幸夫の耳、片方だけ悪いのかい？」

ソンにそっとたずねると、幸夫がさめざめと泣き出したので、金八先生はあわてた。

「ごめん、ごめんね。悪いこと聞いたみたいだな」

「悪くなんかねえよ。ほら、来年は兄ちゃんいねえんだから、自分でちゃんと言えよ」

ソンが幸夫の肩《かた》をゆすっても、幸夫はただ泣くだけだ。そんな弟の様子《ようす》をじっと見ていたソンは、憎《にく》にくしげに叫んだ。

「犯人は担任だ！」

「えっ」

「小学校五年のときの担任なんだ。こいつ、小さいときからおれと違っていたずらなんかしねえのによ、連帯責任《れんたいせきにん》だとか言って、先公《せんこう》が黒板の前に十人ならべてぶん殴《なぐ》ったんだ。そのとき、鼓膜《こまく》やられたのに、家に帰ってほんとのこと言わないから。痛かったくせに、病院にだって我慢《がまん》できなくなるまで行かなかったんだ。だから、とうとう、片方《かたほう》聞こえなくなっちまって……」

幸夫はそのときの光景を思い出すのか、耳をおさえてしゃくりあげた。さっきから一度も目を合わせない幸夫の、自分たちに対する不信感やおびえを思って、金八先生は胸が痛んだ。

「そうか。ごめんな。そうとは知らなかったから、ジャリって踏《ふ》んじまって……」

しかし、ソンはやさしく慰《なぐさ》める金八先生に、いっそう憎しみのこもった目を向けた。

「ごまかすなよ。これがないと片方、全然聞こえないんだぜ。落っことして気がつかないわけないじゃないか。今度がはじめてじゃないんだ。面白がってこいつの耳からつまみ出して、目の前で踏《ふ》みつけたり、金魚の池に入れちまったヤツもいる。いじめなんだよ、いじめ。先生、気ぃつけないと、ヤヨだってハンデがあるっつうだけで、どんないじめにあうかわかんねぇんだぜ」

金八先生と国井教頭の顔にショックが走った。そんな教師たちの鈍《にぶ》さが、ソンを焦《あせ》らせ、いらだたせる。

「いつまでも泣いてんじゃねえ！　泣くからおもしろがられるんだぞ、バカッ」

弟を怒《ど》鳴《な》りつけながら、ソンの瞳《ひとみ》にもみるみる涙がふくれあがった。

間もなく、植木職人《うえきしょくにん》の天野隆の父親が、仕事着《しごとぎ》のまま額《ひたい》に青筋《あおすじ》を浮《う》き立たせて、校長室へ怒鳴り込んできた。息子が人違いで殴《なぐ》られたことへの抗議《こうぎ》にきたのだ。校長室には、ソンと幸夫、担任の金八先生とライダー小田切《おだぎり》、それに国井教頭が呼びつけられた。

隆の父親に謝《あやま》っていた校長は、ソンの顔を見るなり、頭から怒鳴りつけた。

「君か、一年生をリンチしたのは！　土下座《どげざ》しなさい！　土下座して、申し訳なかった

ソンに殴られ、前歯を折られた天野隆の父親は、息子が人違いで殴られたと、校長室へ怒鳴り込んで来た。千田校長はソンに、土下座してあやまれと迫る。

と頭すりつけて謝りなさい！」

「ちょ、ちょっと待ってください」

千田校長の一方的な決めつけに、金八先生が驚《おどろ》いて間に入ろうとすると、ソファに座《すわ》っていた隆の父親が大声を出した。

「ちょっとも何もあるか！　うちの隆は、前歯《まえば》、みごとに折られちまったんだよ！」

「ほんとに、君は手加減《てかげん》ってものを知らないの？」

国井教頭は大きなため息とともに、ソンを見やった。その場にいたライダー小田切は、責任を感じて、頭を下《さ》げた。

「いやあ、何しろあっという間のことだったもので……」

「あっという間であろうとなかろうと、人

違いなんだよ。隆は今日、忘れ物を取りに帰ったりして、授業の始まる前にその子にちょっかい出しているひまなんかあるはずねえんだ」

「そうなの？　天野君が補聴器《ほちょうき》をとりあげたんじゃないの？」

今度は、国井教頭とソン、金八先生、ライダー小田切がいっせいに幸夫を見た。

「……わかりません」

「わからない？」

「……いつも、目を合わせるとよけいにやられるから、なるべく顔は見ないように」

「なっさけねえ！」

ソンは悔《くや》しくて地団駄《じだんだ》ふんだ。

「だからってな、人違いの上、前歯折られたんじゃ、親として黙《だま》っているわけにはいかねえんだよ！」

「そうです！　だから、さっさと土下座《どげざ》して謝んなさい！」

あくまで、千田《せんだ》校長は土下座を強要《きょうよう》する。そうすることで、自分たちの責任は消え、すべての罪をソン一人に負《お》わせることができると信じているような熱心さだ。ソンはかっとなって、校長に詰《つ》め寄《よ》った。

「おう、土下座しろというならしてやるさ。けど、その前に校長先生にはいじめをほったらかしにしていたオトシマエつけてもらおうじゃないか」

「なんという……！　まるでやくざだ。さっさと土下座して謝りなさい！」

校長が興奮して息もきれぎれに叫ぶと、金八先生はぐいとソンを後ろに押しやって、前へ出た。

「わかりました！　ただし、ソン、おまえはしなくていいから」

金八先生はパッとその場に座《すわ》り、隆の父親の目をまっすぐに見据《みす》えて言った。

「私としましては、未成年《みせいねん》である教え子にあえて土下座を強制《きょうせい》できません。そんなことをさせたって、この子に残るのは悔しさだけでしょうから」

「そりゃそうだ。まず誠意《せいい》だよ、格好《かっこう》だけ見せられたって何もならねえ」

「でしょう？　われわれにとってはひとつの形であっても、この子たちにとっては屈辱《くつじょく》以外の何ものでもありません」

「けどね、うちのせがれは人違いのとばっちりで、前歯折られてんだよ」

「はい、それはすべて学校側の責任です。監督不行《かんとくふゆ》き届《とど》きは、この通り、校長に代《か》わりまして謝罪《しゃざい》させていただきます。まことに申しわけございませんでしたっ」

金八先生が身を伏《ふ》せて土下座をすると、ライダー小田切《おだぎり》、国井《くにい》教頭も後に続いた。

「私も、この通り申しわけございませんでした」

「折れた前歯につきましては、学校で入っている日本スポーツ振興センターから見舞金《みまいきん》が出ますので、さっそく手続きを」

三人の教師は、校長の名において、土下座をした。威張《いば》って座《すわ》っていた校長の顔はみるみる赤くなり、話し方も最初の勢いがない。

「しかし、教頭先生、見舞金の件はわれわれの一存《いちぞん》ではいきませんでしょう」

「ですから、しかるべくすみやかに、いじめ問題と一緒に職員会議で」

わかりやすい形で誠意を見せられて、隆の父親の表情が少しやわらいだ。

「そりゃ大助《おおだす》かりだ。このまえ、この前歯、セラミックというのでやったら一本八万円だった。たのんますよ、校長さん」

「し、しかし、生徒の場合、保険の範囲《はんい》で適応《てきおう》されるもので、ごくわずかでありまして……」

だんだん元気のなくなる校長の声にかぶせるように、金八先生が話しはじめた。

「そうです。たとえ人違いであっても、上級生が下級生に暴力をふるうのは許されることではありません。二度とこのような不祥事《ふしょうじ》が起きないように私ども教師は全力で取り組んでいくつもりですので、どうかご子息《しそく》にもですね、悪いのに誘《さそ》われたとしても、人として、自分より弱い者をいたぶってはいけないと、敢然《かんぜん》として意見を言えるよう、ご家庭における教育のほどもどうぞよろしくお願いいたします」

そう言いながら、金八先生が再び頭を下《さ》げると、隆の父親は急に相好《そうごう》をくずして、照《て》れくさそうに笑った。

「承知しました。たしかに、うちの隆も仲間に誘《さそ》われるとふらふら一緒にやっちまうところがあるんでね、この子にもそんなことをやったかもしんねえ。弱いもんいじめは江戸っ子のすることじゃねえとしっかり言っとくよ。そのかわり、そこの弟思いの兄ちゃんよ、おめえさんも前後《ぜんご》の見さかいなくゲンコツくらわして、自分の先生に土下座《どげざ》させちゃいけねえよ」

「おう！」

ソンはきらきら光る瞳《ひとみ》で元気に答えた。

「そんで、この子の補聴器《ほちょうき》も、そのセンターの見舞金で弁償《べんしょう》されるんでしょうね？」

ものすごい目でにらみつけているソンをはじめ、全員の圧力を感じながら、校長は不《ふ》承不承《しょうぶしょう》、センターへの申請《しんせい》の手続《てつづ》きを約束させられたのだった。

教室へ戻るソンを、金八先生はふと呼び止めた。

「ソン」

「うん?」

「もしもヤヨがいじめられたら、そのときはもう一度暴《あば》れてくれるか?」

ソンはにっと笑って、Vサインを送ってきた。


その後、教室へ戻った金八先生は、三Bたちにわっとはやし立てられた。

「先生! 土下座《どげざ》したんだって?」

「担任、あんまりみっともない真似《まね》すんなよ、なぁ」

金八先生はついカチンときて、伸太郎に言い返した。

「その場はそうしなければおさまらないって場合だってあるんだよ!」

「いいじゃん、いいじゃん。おかげでおれはやらずにすんだんだ」

後ろでソンが立ち上がり、サンビーズたちの声援《せいえん》を浴《あ》びてVサインを振りまいている。

「イエーイ!」

「イエーイ！」

ソンはクラス中から祝福《しゅくふく》を受けてご機嫌《きげん》だ。量太《りょうた》に連《つ》れられて、ヤヨも保健室から戻ってきた。

「はい、ただいま」

「タダイマ」

「お帰り！」

「オカエリ」

ヤヨもまたみなの祝福を受けている。三Bの不思議なテンポ感覚に、自分だけが微妙《びみょう》に乗り遅れている感じだが、金八先生は気をとりなおして、国語の授業をはじめることにした。改めて、教壇《きょうだん》に立つと、しゅうの席がひとつぽっかりと空《あ》いている。

しゅうは、自習になった隙《すき》に一Aの二人組を屋上《おくじょう》へ呼び出した。見知らぬ三年に突然呼び出されて緊張《きんちょう》している二人を、しゅうは冷《ひ》ややかな目でじっと見つめた。

「名前は？」

「川西豊」

「そっちは?」

もう一人の少年は、かたくなに口を開かなかった。しゅうが、いつもとは違う凄《すご》みのある声でたずねる。

「三年全部、敵にまわす気か?」

「……玉井吾郎」

しゅうはケイタイを取り出すと、いきなりシャッターを押した。吾郎という少年が、不安そうにしゅうの表情をうかがっている。

「どうする気ですか」

「おまえらが園上《そのがみ》の弟をおもちゃにしたのはわかってんだ。もう一度、やってみろ。おれがこの写真をばらまくぞ」

しゅうはそう言い捨てると、青ざめた一年生をおいて、教室へ戻った。ちょうど、金八先生が〝今日の言葉〟のボードを黒板に貼《は》ったところだった。しゅうの姿を認めると、金八先生はにっこりして言った。

「お、ちょうどよかった。では、しゅうに読んでもらおうかな。ハイ、どうぞ」

しゅうは、教室の入口に立ったまま、ボードに書かれた言葉を読んだ。

「〝アノネ、がんばらなくてもいいからさ、具体的《ぐたいてき》に　動くことだね〟」

「はい、ありがとう。今日の言葉の意味――。とにかく、具体的に動く、それしかない、と相田《あいだ》さんは言っています。自分の期待通《きたいどお》りの答えが出るかどうか、それは別として具体的に動けば、必ず具体的な答えが出るよ、という意味。好きだなあ、この一文、ああだこうだと能書《のうが》きばかり言ってないでまず動いてみろ、そう言ってらっしゃる」

わけがわからないとばかりに教室はざわつきはじめている。けれど、しゅうは、たったいま自分がしてきたことを見透《みす》かして、金八先生にお礼を言われたような気がして、胸の中がふとあたたかくなった。

放課後、しゅうはみなを避《さ》け、一人で土手《どて》の道を帰って行く。スポチャン愛好会の練習がはじまるのか、ジャージ姿《すがた》の群《む》れが河原《かわら》の方に見える。その中にソンの姿を見つけて、しゅうは思わず立ち止まった。

「ソンのやつ、いっちょ前に兄貴《あにき》ぶっちゃって」

「オレも腕っぷしの強い兄貴がほしい！」

チビの真佐人《まさと》のひときわ甲高《かんだか》い声が聞こえて、目をやると、今日はソン抜きでステップを踏みながら帰って行くサンビーズたちがいた。ソンは幸夫の相手をしてやるために、残ってスポチャンの練習に出たのだろう。

幸夫とは頭ひとつ分違うソンの大きな体が、弟の動きにあわせて軽《かろ》やかに跳躍《ちょうやく》した。晩秋《ばんしゅう》の日差《ひざ》しを浴びながら動き回る兄弟の姿に、しゅうの目は釘付《くぎづ》けになった。なつかしい記憶が押し寄せてくる。自分にも以前、背の高い兄のような人がいて、よく一緒に遊んでくれた。あの頃は、まだ自分を包《つつ》み込んでいる世界がゆるぎないものだと信じていたのだが……。しゅうは、土手に立って、いつまでもスポチャンの練習を眺《なが》めていた。

V　闇の中の漂流

スーパーさくらの前に倒れ込んでいた二人の少年は、孝太郎と和晃だった。
「ちょっと違うタバコだ」と言われて、二人はマリファナを吸ったのだった。

ソンの弟、幸夫に対し、悪質《あくしつ》ないじめをやった二人を、しゅうは屋上《おくじょう》に呼び出し、以後、絶対にいじめはやらないと誓《ちか》わせた。そのことを、しゅうは自分ひとりの一存《いちぞん》でやり、やった後ももちろん誰にも話さなかった。

しゅうは学校の行き帰りも、休み時間も一人ぼっちだった。無視《むし》ともとれるしゅうのそっけない態度に、以前はたくさんいた友だちもだんだん離れていった。しゅうはそんな友だちの目の中に困惑《こんわく》を見ていたが、自分でもどうすることもできなかった。自分が変わってしまってからも、幼《おさな》なじみの舞子《まいこ》だけはしゅうに昔のように声をかけてきた。が、しゅうにはそれに応《こた》える余裕《よゆう》がない。新しい担任は、しょっちゅう笑顔で声をかけてくる。その明るさが、闇《やみ》をかかえこんだしゅうは苦手《にがて》だった。

しゅうは土手《どて》の通学路をまっすぐに歩いて帰る。母の光代が待っているからだ。土手の通学路からの最初の分かれ道、明るく整備された新興住宅地《しんこうじゅうたくち》へ続く川沿《かわぞ》いの道を行けば、昔、住んでいた家がある。実母《じつぼ》を亡くした家ではあったが、甘《あま》ずっぱい記憶のつまった家だ。よく一緒に遊んだ崇史《たかし》や舞子も、その先に住んでいる。

しゅうがいま住んでいる家は、次の分かれ道の先、小さなアパートや古ぼけた家々のひしめく下町《したまち》の一角《いっかく》にある。毎日、自分の家が近づくにつれて、しゅうの足取《あしど》りは重くなった。

自宅の前には、フロントガラスが割れ、前半分がぐしゃりとつぶれている大型トラックが、スクラップ状態のまま停《と》めてある。しゅうは、そのトラックをなるべく見ないように、そっと家にすべりこむ。

冷たく、湿《しめ》ったような臭《にお》いのする薄暗《うすぐら》い家。しゅうは、なるべく音を立てないようにして階段を上がった。が、すぐに突き刺すような声で呼び止められた。

「なにしてたの、時間がないのよ。さっさと帰って来いと言ったでしょ」

外出姿《がいしゅつすがた》の光代が冷たい目でしゅうを睨《にら》みつけながら、階段を上がってきた。

「そんなに私を困らせて面白いの?」

謝《あやま》る間もなく、平手《ひらて》がとんできた。続いて、手にもっていたバッグを振り下《お》ろす。しゅうは反射的《はんしゃてき》に頭をかばおうとして腕を上げた。バッグはしゅうの腕に振り払われた形になり、バランスを崩《くず》した光代は足をすべらせ、斜《なな》めになって階段を転《ころ》げ落ちた。

「お母さん!」

しゅうは驚《おどろ》いて、光代のそばに駆《か》け下りた。痛みにこらえる光代をそっと抱《だ》き起《お》こすと、腕が不自然にゆれている。

「待って、今、救急車を」

電話のところへ走ろうとするしゅうの袖《そで》を、光代はぐいとつかんだ。

「そんなもの、呼んだらダメ！」

「だけど！」

光代はきつい目つきでしゅうを睨《にら》むと、壁につかまって立ち上がった。食いしばった歯の間から、苦痛《くつう》のうめき声が漏《も》れる。

よろめきながら、光代は玄関から表へ出た。しゅうもバッグを拾《ひろ》って、後を追う。その二人の姿を、近所に住む民生委員《みんせいいいん》の吉田が見ていた。吉田の目は、髪も乱れ、ぶらんとなった腕をかばって、よろよろと歩く光代の姿から、瞬時《しゅんじ》に異常《いじょう》を見てとったようだった。

「どうしたんだい」

「ええ、ちょっと……」

光代が目をそらして、いいよどんだ。その仕草《しぐさ》は、先ほどのしゅうをぎらつく目で睨みつけていた光代とは別人だ。吉田は、しゅうを怒鳴《どな》りつけた。

「なにしてんだ、早く病院に連《つ》れて行かなくてどうするんだ！　車を呼べ！」

大通《おおどお》りへダッと走り出したしゅうの目の前で、タクシーが急ブレーキをかけて停《と》まった。

「こらーっ、危ねえだろ！」

窓から顔を出したのは、やはり近所に住んで個人タクシーをやっている中沢だった。

「ちょうどよかった。中沢さん、病院へ頼む。大至急《だいしきゅう》だ」

光代が吉田に付き添《そ》われて車に乗り込むのを見届《みとど》けたしゅうは、逃げるようにその場を離れた。


夕方、さくら食堂では、近所の人たちが寄り集まって、今日の事件を話し合っている。

ここは三Bの一人、比呂《ひろ》の家でもある。

「まったく、変だよ、あの家は」

このあたりの世話役《せわやく》を自任《じにん》する吉田の声は、やたらとよく通る。

「昔はなかなか羽振《はぶ》りがよかったのにねえ」

お茶を注《そそ》ぎ足《た》しながら、比呂の母親の和枝も話に加わった。比呂が小学生の頃から、和枝は学級の父母懇談会《こんだんかい》などで見かけて、光代のことを知っていた。明るく人なつこい笑顔に花のある女性で、母親たちが集まると、どちらかといえば目立《めだ》つほうの存在《そんざい》だった。六歳で母親に死なれたしゅうにとっては継母《ままはは》だったが、言われなければ気づかないほど、仲のよい母子《おやこ》だった。男の子はかわいいわね、と和枝が話しかけると、嬉《うれ》しそうに笑っていたのをなんとなく覚《おぼ》えている。

それが、ひっそりと近所に越してきたときには、すっかりやつれて、その変貌《へんぼう》ぶりに和枝は驚《おどろ》いたのだった。なんでも、しゅうの父親が事業に失敗し、不況《ふきょう》の中、長距離トラックの運転手に転職したものの、大事故を起こして寝たきりなのだという。

「まあね、ご亭主《ていしゅ》のこともあってあまり近所づきあいは遠慮《えんりょ》したい気持ちはわかるよ。けど、なんのためのご近所だい？　今に、何かあるんじゃないかとおれは心配してたとこなんだ」

吉田がため息《いき》まじりに話していると、外から帰ってきた比呂がにゅっと顔を出した。

「今にって、どんなこと？」

「シトが顔突っ込まれたくないところに突っ込むのはおよし！」

和枝が追いはらう仕草《しぐさ》をするのにかまわず、比呂は吉田の横に腰《こし》をおろした。

「いやあ、私がにらんでるのは、あの坊主《ぼうず》の家庭内暴力《かていないぼうりょく》さ」

「家庭内暴力って、子どもが暴《あば》れて金属《きんぞく》バットで親を殺しちゃったりとか？」

比呂が黄色《きいろ》い声をあげる。

「まあね、金属バットは見かけたことないけどさ、町内会の連絡で行ったときなんか、明らかに物をぶん投げたあとがあるんだな。それにドタバタ、ガラスに物をぶつけたりするみたいなすごい音が聞こえるんだよ」

「あんなにおとなしそうな、いい子なのにねえ」

小学生のしゅうは体育も得意だが、ピアノも習っているし、趣味《しゅみ》のよい服を着せられていて、発言もはきはきした、和枝にしてみれば、絵に描いたような〝いいところの坊《ぼっ》ちゃん〟だった。

「あのかみさんもえれえ所へ後妻《ごさい》に入っちまったもんだねぇ」

吉田の話で、タクシー運転手の中沢は光代の怪我《けが》はしゅうに殴《なぐ》られたものだと、すっかり信じ込んでいる。吉田は、まだ若い光代の境遇《きょうぐう》に同情《どうじょう》していた。転《ころ》んだと話していたが、継子《ままこ》のしゅうをかばっての嘘《うそ》なのだろう。そう思うとよけいに不憫《ふびん》で、これまでも何か助けになれれば、と何度かそれとなく声をかけてみたことがあったが、光代は目を伏《ふ》せてお辞儀《じぎ》をするばかりで、何も話そうとはしなかった。

近所で自分がどう思われようと、しゅうにはどうでもいいことだった。そんなことに気をまわす余裕《よゆう》はなかったのである。しゅうは今、母と二人で闇《やみ》の中を漂流《ひょうりゅう》している。生みの親かどうかというのは、しゅうにとっては関係のないことだった。記憶の中の実の母は、白っぽいパジャマを着て、袖《そで》からはそれと同じくらい白い手がのびていた。しゅうは折り紙を折ってもらった。でも、もしかしたら、折ってくれたのは光代なのかもしれなかった。しゅうの思い出す限り、病床《びょうしょう》の母の傍《かたわ》らには、すでに光代がいたからである。

幸福な時代の鮮明《せんめい》な記憶《きおく》は、みな光代とともにあった。だから、他人が何と言おうと、しゅうにとっては光代が母親だ。しかしもう長いこと、しゅうはその母親の笑顔を見ていない。しゅうに向けられる光代の目には、疲労《ひろう》と憎悪《ぞうお》がちらちらと燃えている。

しゅうは、できるだけ光代の気持ちに逆《さか》らわないように、息《いき》をころして暮らしていた。光代の殴打《おうだ》にも、歯をくいしばって耐《た》えた。自分がこんなに母親を慕《した》っていても、母親にとっては自分は邪魔《じゃま》な存在なのかもしれない。そんな思いにとらわれると、しゅうはもう眠れなかった。

光代が仕事に出かけてしまい、一人で暗い家にいると、しめきった奥の部屋から、かすかに父親の気配《けはい》を感じる。もう、立ち上がることのない父。息苦しくなると、しゅうは家を飛び出して、夜の町をめちゃくちゃに自転車を漕《こ》いだ。

明《あ》かりの灯《とも》った町は、昼間とは違う顔を持つ。仕事帰りのサラリーマン、酔っ払《よっぱら》い、どこへ行くでもない手持《ても》ち無沙汰《ぶさた》な高校生、塾帰《じゅくがえ》りの子どもたち、最近目立つようになったユニフォーム姿の夜回り隊……。しかし、しゅうの居場所《いばしょ》はどこにもない。しゅうは知った顔に出くわさないように、繁華街《はんかがい》を離れ、川の方へやってきた。遠くで救急車のサイレンの音がこだましている。鉄橋を渡る電車の窓が、光の数珠《じゅず》つなぎになり、遠のいていく。

しゅうは岸辺《きしべ》に立つ木の陰《かげ》に腰《こし》をおろし、ポケットからケイタイをひっぱりだした。

「こんばんは」

すぐに、穏《おだ》やかな女の人の声がきこえた。

「……ぼく、もうダメです」

「あら、何がダメなのかしら?」

「母さんにけがをさせてしまった」

「けが? けがってひどいの?」

「ほんとにはずみなんだけど、肩を脱臼《だっきゅう》して骨に少しひびが入って」

「それで、病院へは?」

「行きました。いいえ、ギブスじゃないんだけど、包帯《ほうたい》でぐるぐる巻《ま》いてて。なんと謝っていいのか、ぼく……」

「そう。それでお父さんやほかの家族の方は?」

しゅうは言葉につまった。受話器の向こうの柔《やわ》らかい声の持ち主は、黙《だま》ってしゅうの返事を待っている。

「父は単身赴任《たんしんふにん》だから……。ぼくは母と二人だけで、ほかに頼める人はいません。でも、ぼく、全部やります。ぼくにできることは全部。ただ、母に嫌《きら》われたかと思うと、ぼくはもう……」

こらえていた涙がふきあげてきた。のどに石がつまっているみたいだ。しゅうは、それ以上、話し続けることができずに、チャイルドラインへの電話を切った。チャイルドライン——それは「命の電話」ともいわれて、誰にも訴えられない子どもたちがダイヤルをまわすと、いつもいてくれるボランティアの女性が子どもの話をただただ聞いてくれる。話すだけ話せばそれだけで救われて、気持ちが落ちつく子どもたちがしゅう以外にもたくさんいるはずだった。電話を切ったあと、しゅうは長いこと、街灯《がいとう》の淡《あわ》い光の下にうずくまっていた。

翌朝の教室では、すでにしゅうの家のことが話題になっていた。比呂《ひろ》が昨夜、店で聞いた噂話《うわさばなし》を得意《とくい》げにふれまわったのである。しゅうの席が空席《くうせき》のままなのも手伝って、話は尾ひれがついて、どんどん広がっていった。舞子《まいこ》だけが、無責任《むせきにん》な噂《うわさ》を怒《おこ》って否定《ひてい》した。しゅうは今日も遅刻《ちこく》だ。

「しゅうは、家庭内暴力《かていないぼうりょく》で母親と大バトルで、病院へかつぎこまれたみたい」

出欠確認《しゅっけつかくにん》の時、しゅうに代《か》わって比呂がそう言うのをきいて、金八先生は仰天《ぎょうてん》した。けれど、ホームルームの最中《さいちゅう》に、しゅうはいつもと同じ姿を見せた。うつむき加減《かげん》に挨拶《あいさつ》をするしゅうに、金八先生は微笑《ほほえ》みかけた。

「おう、来たな。みんな心配したぞ」

金八先生は、しゅうのたび重なる遅刻を厳《きび》しくとがめることをせず、かといって、理由を問いただすこともできなかった。何か事情がありそうだと思いながら、しゅうの視線《しせん》をとらえることのできないもどかしさを、金八先生はずっと抱《かか》えている。しゅうのことは、金八先生の中で一日延《の》ばしになっている宿題だ。日々、さまざまな事件が起きて、あっという間に金八先生の一日は終わってしまうのだ。

その日は、夜になって校長からの臨時招集《りんじしょうしゅう》がかかった。遠く近くに聞こえていたパトカーのサイレンの音と関係があるのかもしれない、と金八先生は学校へ急いだ。集まった教師たちに、千田《せんだ》校長は緊張《きんちょう》した面持《おもも》ちで言い渡した。

「夜分《やぶん》お集まりいただいたのはほかでもありません、実はさきほど知り合いの者から、港東高校の体育系部室で生徒たちがドラッグをやっていたことがわかり、関係者は学校側も含め、事情聴取《じじょうちょうしゅ》に呼ばれていると知らせがありました」

「ドラッグ？　ドラッグって麻薬《まやく》ですか。何でまた港東高校の部室から？」

素《す》っ頓狂《とんきょう》な声で聞き返した乾《いぬい》先生を、北《きた》先生がじろっと見た。

「乾先生、何をのんきなことを。高校生がドラッグで問題を起こしつつあるのは、昨日今日のことではないんですよ」

「しかし、桜中学は中学校です」

乾先生は教え子とドラッグがどうしても結びつかないらしい。金八先生は頭の中で、港東高校へ行った生徒たちの顔を思い浮かべていた。

「乾先生、その桜中学である本校から、例年、港東高校に進学した者がいるんです。校長先生はその関連で夜間招集《やかんしょうしゅう》をかけられたのだと思いますが」

「その通りです。その部員の中にうちから行った生徒がいたかどうか、かつドラッグに手を出した生徒がいるかどうか、すぐに調べていただきたいのです」

初めて千田校長と金八先生は、意見の一致《いっち》をみたようである。港東高校でドラッグ汚染《おせん》が見つかったとしたら、ほかの高校も絶対に大丈夫というわけではないだろう。校長は桜中学の卒業生がいる高校すべてを当たって、ドラッグ汚染が進んでいないかどうか、様子《ようす》を調べろという。

「当たってどうするんですか」

ライダー小田切《おだぎり》の鈍感《どんかん》さに、校長は嘆息《たんそく》する。昔と違って、暴力団の資金源《しきんげん》であるドラッグの売人《ばいにん》を、今ではごくふつうの高校生がやっているのだという。以前のように、暴走族や外国人といった目立つ存在が売人ではないので、汚染がどの程度広がっているのか外から見えにくくなっている。校長は桜中学の名に傷《きず》がつく前に、なんとか手を打ちたかった。

「荒谷《あらや》二中《にちゅう》では、全校生徒に尿検査《にょうけんさ》を命じるらしいです」

「全校生徒に尿検査？」

教師たちはみな目を丸くした。たいてい校長側につく北先生さえもである。

「教育委員会はそれを認めたのですか」

「そんな無茶《むちゃ》な。それは人権問題です。口では心の教育、やることは尿検査ですか」

金八先生がかっとして吐《は》き捨《す》てると、校長は冷たく言い返す。

「坂本先生、あなたは人権と中学生のクスリ漬《づ》けとどっちが大事なんですか」

平行線の言い合いになりそうな二人の間に、本田《ほんだ》先生が割って入った。

「いいえ、全校の一斉《いっせい》尿検査など現実問題として無理です。それに最近では尿検査でも痕跡《こんせき》が出ないという新しいのも出回っているようですし」

中高生のドラッグというのが、今まで新聞紙上の出来事《できごと》でしかなかった教師たちは、頭をかかえた。しかし、夜回り隊の遠藤先生は例外だ。大都会とはいえないこの地域でも、最近、夜になるとそれらしい影を見かけることがしばしばだからだ。今日も外を回っていて、夜回り隊のユニフォームのまま職員室に駆けつけた遠藤先生には、早くから危機感があった。

「荒谷二中のワルがクスリは桜中学の生徒にも売り込めと言ったとか、耳にしたことがあります」

桜中学の最古参《さいこさん》である乾先生は、怒《いか》りのあまり声も出ない様子《ようす》だ。

「狙《ねら》われたが最後、この近隣《きんりん》でうちの学校の生徒ほどお人好《ひとよ》しがそろっているところはないですからなあ」

現実派の北先生のつぶやきに、金八先生は断固《だんこ》として言った。

「北先生、そのお人好しに賭《か》けましょうよ。失礼ながら、二年ぶりの桜中学では生徒が軽くなったり、子どもっぽくなってしまったようにも見えますが」

「それ、どういう意味ですか」

金八先生の批判的な視線《しせん》を敏感《びんかん》に感じ取った校長は、すぐに応戦体勢《おうせんたいせい》をとる。もはやこの校長と対立を避《さ》けるつもりもない金八先生は、痛烈《つうれつ》な皮肉《ひにく》で応《こた》えた。

「ぬるま湯《ゆ》というのは入っているものにはわからんということです。一度、外の風に当たれば気づくのですが」

「では、いつでも外の風に当たりに行ってくれて結構《けっこう》です！」

「小競《こぜ》り合いは後にしてください！」

ライダー小田切《おだぎり》が思わず机をたたいた。一瞬《いっしゅん》の沈黙《ちんもく》ののち、遠藤先生がきっぱりと言った。

「自分もお人好しの子どもに賭けます。夜回りしていて本当に思うのは、子どもより大人の責任です。夜の世界に子どもを追いやってしまっているのは大人たちです。そこへ行くと、この地域には保護者の地域力《ちいきりょく》というものがありますから。毎晩、ぬるま湯から出て、夜回りして、よそも見てわかったことですがね」

「具体的に言いなさい！」

若い遠藤先生にまで皮肉《ひにく》られて、校長は唇《くちびる》をわななかせた。そんな校長におかまいなく、養護の本田先生が続ける。

「その先を見ていただきたいのです。こわいのはドラッグで、体も脳もめちゃめちゃになるだけでなく、それでもドラッグを買うためのお金がほしい。すると女の子の場合、簡単に援助交際《えんじょこうさい》に走るということなんです」

「そう、そして、その先は、ＨＩＶね」

英語のアシスタントティーチャーのシルビアがあとをひきとった。

「エイズは貧《まず》しい人の病気。でも、日本はお金持ちなのに、ブランド品買うために、恐《おそ》ろしい病気をうつしまくる。ちゃんと、セックスの教育しましょう」

アフリカのセネガルからやってきたシルビアの言葉に、教師たちが神妙《しんみょう》にうなずいている。話の流れが変わってきたことに気づき、校長はあわてて話を打ち切った。

「とにかく、早急《さっきゅう》に生徒たちの様子《ようす》を調べてください！　そして少しでもその気配《けはい》があったときは、すぐに報告していただく。ただし、くれぐれも他所《よそ》へはもれないように。いいですね」

「なぜもれてはいけないのですか」

「決まってるでしょう！　子どもみたいな質問はしないこと！」

「いいえ、ドラッグにしても性感染症にしても、この学区と地域だけ無傷無菌《むきずむきん》状態《じょうたい》というわけにはいかないのですよ。何よりも子どもたちのために情報は共有すべきです」

「その時期と内容は、校長である私が決めることです」

金八先生の反論を校長は力で封《ふう》じ込め、反発する教師たちを睥睨《へいげい》した。

港東高校のドラッグ事件は、調査に乗り出すまでもなく、金八先生のふところにとび込んできた。翌日、珍《めずら》しく淳《じゅん》が、自分から金八先生のところにやってきたのである。淳の姉の美由紀《みゆき》は、港東高校へ行った三Ｂの卒業生だった。

「姉ちゃん、バスケ部のマネージャーやってるからやばいんだって」

「ヤバイ？　ということは、港東のバスケ部がドラッグをやってるってことか」

「おれ、知らない。けど、姉ちゃんに早く会ってやってよ。殺されたらどうするよ」

「淳！」

「あいつ、へんに気が強いところがあるからさ」

「わかってるよ、けど、なんでそんなヤバイことにはまっちまったのか……」

美由紀の一途《いちず》な性格《せいかく》は、金八先生はいやというほど知っている。何か無鉄砲《むてっぽう》なことをしでかしたのではないか。美由紀が渦中《かちゅう》にいると聞いて、金八先生の胸はざわめいた。

その夜、淳との約束どおり、美由紀は金八先生の家を訪ねてきた。さすがの金八先生にも、生徒の麻薬《まやく》となれば荷《に》が重く、頼み込んで大森巡査にも立ち会ってもらうことにした。久しぶりに会う美由紀は、思ったより落ち着いていて、見た目にも荒《あ》れているような様子《ようす》がないので、金八先生はほっとした。美由紀の方が、金八先生の狼狽《ろうばい》ぶりに逆に驚《おどろ》いたくらいだ。

「大丈夫《だいじょうぶ》よ、先生。殺してやる！　というほど、肝《きも》っ玉《たま》のすわっているのはうちのバスケ部にはいないから。でも、反対に気の小さいやつがかえってヤバイんだよね。自分のことしか考えてないから、すぐにカーッとなってパニクると、なんも考えないでやっちゃいそうだから」

「それはありうるな」

「だからさ、そんなヤツにグサリってやられるなんていやじゃん」

「ああ、たまったもんじゃない」

「んだ」

妙《みょう》に論理的な美由紀の話に、金八先生と大森巡査はうなずくばかりだった。学校の部室という日常《にちじょう》で、ドラッグ汚染《おせん》の真っただ中にいる美由紀には、案外《あんがい》、事《こと》の重大さが見えていないのかもしれない、と金八先生は思った。美由紀は、金八先生と大森巡査が自分の話をまじめに聞いてくれるのがわかると、おもむろに、ブラウスの中を手でさぐり、小さな袋を幾《いく》つか取り出すと、目の前のテーブルの上に置いた。

「だから、先生と大森さんとで、これ、なんとかして」

「これは?」

「大麻《たいま》」

あっさりと答えた美由紀の言葉に、金八先生はのけぞった。

「ホンマもん?」

やりとりを聞いていたらしい幸作が、台所から顔を突き出し、大森巡査が吠《ほ》えた。

「さわるな、さわったらば現物所持《げんぶつしょじ》で逮捕《たいほ》する！」

金八先生と幸作は飛び上がった。

「今年の夏ごろまではな、ドラッグの種類によっては警察と麻薬Gメンとの縄張《なわば》りサあってな、ものによっては本官だども持っただけで御用《ごよう》！　だや」

大森巡査が薄気味悪《うすきみわる》い笑いを浮かべて一同《いちどう》を見回した。

「大麻《たいま》か……うん、大麻だな、美由紀は吸ったか？」

「けむりをね」

美由紀の返事に、金八先生は悲鳴に近い声をあげた。

「みゆきぃ！」

「なんちゅうアホか！　吸わねと言えば、本官だって見逃《みのが》すもんを」

「ちょっと！　吸ったかと聞いといて、何だよそれ。誘導尋問《ゆうどうじんもん》だぞ！　大森さん！」

後輩の危機に幸作が思わず割って入った。金八先生も黙《だま》ってはいない。

「そうだ！　確かに誘導尋問だ！　いわば自首《じしゅ》してきた美由紀に、貴様《きさま》ァ、なんということを！」

城東高校バスケ部のマネージャー美由紀は、部長に「何かあったときはおまえが処分しろ」といって持たされたという大麻の袋をテーブルに上に置いた。

けれど、美由紀は顔色を変えずに言った。

「煙《けむり》は吸ったけど、大麻はやってないもんね」

マネージャーの美由紀は、部員たちが吸った煙が部屋の中をただよっているのを吸っただけだという。大麻を買った部員は、マネージャーにただでまわすほど、気前《きまえ》はよくなかったのである。尿検査《にょうけんさ》をすればわかることだという大森巡査の言葉にも、美由紀はまったくあわてる様子《ようす》もなかった。

「平気だもん。ただ、私がどうやって、このブツを持ち出し、そして先生たちに取り上げられたか、そのお話を作ってよ。じゃないと、やっぱヤバイでしょ？」

「けど、なんで美由紀がこれを持ってるん

だ？」

「部長に持たされたの。何かあったときはおまえが処分《しょぶん》しろって」

「ひでえな」

幸作は、許せない、といった顔つきで、すっかり美由紀の味方だ。

「本気で考えてよ、父ちゃん。美由紀がヤバイよ」

大麻は、先輩の大学生が持ってきたのだという。練習を見にくるたびに売りつけられ、小遣《こづか》いでは足りなくなった部長は、部費にまで手をつけた。それが、まっすぐな性格の美由紀には許せなかった。けれど、上下関係の厳《きび》しい部の中では、どうすることもできなかったのだ。弱い者の味方であり、正義感の強い大森巡査は、美由紀の話を聞くうちにひと肌《はだ》ぬごうという気になったらしい。

「大丈夫！　本官は命《いのち》賭《か》けてもチミを守る」

そう言って、大森巡査は美由紀の持ってきた大麻《たいま》を預《あず》かって帰った。

翌日、金八先生は一日中落ち着かなかった。帰りに交番に寄ってみると、大森巡査は待ちかねていたらしく、にこにこして言った。

「いやあ、うまくいったよ、金八くん。ゆんべ、ひったくりだーっという声で本官が賊《ぞく》を追跡《ついせき》した、するとヤツはたまらず持ち物放《ほう》り出したもんで、拾《ひろ》ってみたら中味《なかみ》が例のブツだったということで」

「待ちなさいよ。ひったくられた被害者のことはどうなるの」

「それで足が着《つ》いたらヤバイと思って、こっちの方もトンヅラしたもんで、残ったのは本官が抑《おさ》えた現物《げんぶつ》だけちゅうことで」

「話は済《す》んだわけ?」

あまりに簡単な解決に、金八先生は拍子抜《ひょうしぬ》けした感じだが。大森巡査は単純に喜んでいる。

「だども、金八くん、これは生涯《しょうがい》における二人だけの秘密だねや。ええな」

「いいとも、チミが疑《うたが》われなかったのは、ふだん、冴《さ》えた仕事をしてなかったおかげだよね」

まずは、ほっと胸をなでおろして、金八先生は家へ帰ったのだった。

それから、桜中学では何ごとも起こらなかったが、金八先生たちは、ドラッグ関連の記事が目につかなかった。高校生の、麻薬を買う金ほしさの盗《ぬす》み、金庫破《きんこやぶ》りが相次《あいつ》いで記事になり、また、ビルの屋上《おくじょう》で大麻《たいま》を栽培《さいばい》していた管理人《かんりにん》が逮捕《たいほ》された。そんな鉢《はち》植《う》えがふつうの家の庭先《にわさき》にあったとしても、誰も気づかないだろう。金八先生は、幸作の友人の投身自殺《とうしんじさつ》を思い出さずにはいられなかった。

麻薬の存在は、猛スピードで子どもたちの身近《みぢか》な場所に降《お》りてきている。ドラッグに手を出した子どもたちに共通するのは、罪悪感《ざいあくかん》のなさだ。動機《どうき》を聞くと、体がスーッと軽くなって嫌なことが忘れられたから、別に悪いことだと思ってなかったなどといった返事が返ってくる。のんきだった桜中学の職員室でも、急速《きゅうそく》に危機意識《ききいしき》が高まっていった。廊《ろう》下《か》の掲示板《けいじばん》に〝麻薬撲滅《まやくぼくめつ》キャンペーン〟のポスターが貼《は》り出された。が、歯磨《はみが》き週間や交通安全週間のポスターに混《ま》じって、特に生徒の気をひきもしないようだ。

その朝、金八先生が教室に向かって歩いてくると、廊下に貼られた真新《まあたら》しいポスターの前にたたずむ生徒の姿が見えた。しゅうだった。しゅうが、サンビーズたちの喧騒《けんそう》から一人離れて、食い入るようにポスターを見つめていた。なかなか踊りをやめないサンビーズたちを急き立てて席につかせ《せ》ると、さっそく、金八先生は生徒の注意を促《うなが》した。

「元気なのはオーケー、楽しく踊るのもいいけどね、今日の廊下に新しいポスターが貼られていたのを、あまり気づいてくれなくてがっくりしましたよ」

「あれ、何かあったっけ？」

「麻薬撲滅《まやくぼくめつ》キャンペーンのポスターです。学校では先生方が本気で心配しているのに、ちゃんと見てくれていたのは、しゅうぐらいのものでした」

「へえ、たまにはしゅうも何かに興味を持つんだ」

玲子《れいこ》の憎《にく》まれ口《ぐち》をしゅうは無視《むし》した。舞子《まいこ》が心配そうにしゅうをそっと見ているのに、金八先生は気がつかない。

「だから私は、しゅうだけではなく、三Bのみんなも興味を持って、みんなで自分のことをしっかり守ってほしいんだな」

「やだっ、先生、ヤク中だったの」

「あのね、だったら、私はここには立ってませんよ」

「あ〜、驚いた、あ〜、よかった」

いつものパターンで、たちまち悪ふざけがはじまる。金八先生は思わず怒鳴《どな》っていた。

「こらっ、黙って聞け！」

ヤヨがびくんと体を硬直《こうちょく》させたのを見て、金八先生はしまった、と思う。

「ごめん、ヤヨ。ヤヨに言ったんじゃないんだ」

〝ヤヨを守る会〟の面々の目には、早くも金八先生に対する非難《ひなん》の色が浮かんでいる。と同時に、軽口《かるくち》をたたいていたシブヤ三人組やサンビーズたちも、頭から怒鳴られてしらけた表情だ。つまらなそうにそっぽを向いている。金八先生は、ぐっと怒りをこらえて、穏《おだ》やかな口調《くちょう》に戻《もど》した。

「興味をひかれることもあるでしょう。友だちに誘《さそ》われたからとか、遊び心で手を出したとか、薬物中毒の子に共通している動機《どうき》だけれど、一度使うと必ずまた使いたくなる。これを依存症《いぞんしょう》といって、薬物を使ったことで脳に変化が起きているため、止めることができなくなってしまうことなんだ」

金八先生は生徒たちの顔を見渡《みわた》しながら、ゆっくりと話した。金八先生と目が合うと、しゅうはさっとその目を伏《ふ》せた。

「だから、絶対に近寄《ちかよ》ってはいけません。やめたいと思っても、やめられないのが最大の厄介《やっかい》で、そのクスリをやめさせるクスリはないということです。いいね、これは肝《きも》に銘《めい》じて覚《おぼ》えておいてください……」

突然、しゅうが両手で耳を覆《おお》って、ガバと机に身を伏せた。

「しゅう!」

しゅうはしばらく動かなかった。腕の隙間《すきま》から見える横顔《よこがお》が蒼白《そうはく》だ。金八先生の呼び声が、しゅうにはもう聞こえていなかった。しゅうの頭の中には、大型トラックどうしが正面から激突《げきとつ》した衝撃音《しょうげきおん》に重なって、耳をつんざくパトカーと救急車のサイレンがガンガンと鳴《な》り響《ひび》いていたのだった。

しばらくして落ち着きを取り戻してからも、しゅうは金八先生の質問を寄せつけなかった。自分との間にかたくなに距離《きょり》をとり続ける少年を前に、金八先生の胸の中で不安がどす黒く渦巻《うずま》いていた。

麻薬をめぐる漠然《ばくぜん》とした不安は、少しずつ金八先生の目の前に姿を現《あらわ》していった。何日かして、金八先生は出勤途中《しゅっきんとちゅう》に、川岸《かわぎし》に茫然《ぼうぜん》とたたずむ大森巡査の姿を見つけた。いつもなら、ホイッスルを吹きながら、朝から元気すぎる声でうるさいくらいに話しかけてくる大森巡査が、愛車の白い自転車を放《ほう》り出したまま、川に向かってじっと立っている。水辺《みずべ》で物思《ものおも》いにふけっているようだ。金八先生は胸騒《むなさわ》ぎがして、巡査の方へ急いで河原《かわら》を横切《よこぎ》っていった。

「バカなことを考えるな！　大森くん！」

いきなり後ろから羽交《はが》い絞《じ》めにすると、大森巡査はぎょっとして振り向いた。

「おう、金八くんか……」

ケンカ友だちは覇気《はき》のない顔をして言った。ひげもそらず、なんだかくたびれた様子《ようす》である。

「何があったか知らんが、大森くん、早まって元も子もなくしたらどげんすっと、このアホが！」

「なんも、日本の警察を甘くみたらいけんぞね。金八くん、あれはマリファナだ」

「マリファァナ？」

「このまえ、美由紀から没収《ぼっしゅう》したアレだ」

「アレは生涯《しょうがい》における二人だけの秘密だと言ったけど、チミはまさか、ひそかにそれをためしたとでも……？」

金八先生の疑《うたが》いの目を見て、大森巡査は思いきり頭を振った。

「うんにゃ、本官は美由紀を救おうと思って、相手はブツだけ放り出して逃げたと報告をしておいた。だども本署から呼び出されて報告書と状況の確認ちゅうのを、微《び》に入《い》り細《さい》に入りくりかえして聞かれて、出るのはあぶら汗ばかりのシドロモドロで……」

「そんでまさか、美由紀のことを?」

「いんや、死ぬ気で本官はチミの教え子を守った。守ったども、警官が警察にこれほど疑われるということは、つまり、警察も麻薬Gメンも今度ばかりはほっとけないほど中高生の間でえらいことになりかけているんだ。金八くん、あんたも命サかけて生徒を守るべし」

やつれた大森巡査の顔が、事態《じたい》の重さを物語《ものがた》っていた。

麻薬の闇《やみ》はあっという間に、大学生から高校生、高校生から中学生に降《お》りてきていた。ほどなくして、金八先生と大森巡査は自分たちが、その真っただ中にいることを再び思い知らされた。

夕飯《ゆうはん》も済《す》ませ、ひと息つこうかという金八先生のところに、スーパーさくらの明子から電話がかかってきた。いつもどんと構《かま》えている明子にしては珍《めずら》しく不安そうな声が気になって、金八先生は幸作といっしょにスーパーさくらに駆《か》けつけた。

表で待っていた明子と夫の利行の指さした先には、おろしたシャッターを背に二人の少年が正体《しょうたい》なく寝そべっている。中学生だろうか、体格のいい少年と小柄《こがら》なもう一人と、もたれ合うような形でぴったりと体を寄せ合っていた。声をかけても、まったく反応しないのだという。ただ眠っているのではないらしい。明子は、息子の太郎を抱いて、少し離れたところから気味悪《きみわる》そうに少年たちを見ていた。

「あ、あの兄ちゃん、寝小便《ねしょうべん》してるぅ」

太郎が甲高《かんだか》い声で言いながら指さした路上《ろじょう》には、失禁《しっきん》の跡《あと》が黒くにじみ出ている。

「もう、やだよ、ほんとに」

明子は恐《おそ》ろしげに言って、あとずさった。金八先生は、おもらしの少年の顔をのぞきこんで、あっと声をあげた。

「お、おい、おまえ、孝太郎《こうたろう》じゃないのか?」

「やだっ、こんなのが三Bなの?」

「おい、どうしたんだ、孝太郎!」

金八先生が、抱《だ》き起《お》こしても返事はない。

「おい、おまえも三Bか?」

幸作が隣りの小柄《こがら》な少年を抱きかかえると、和晃《わこう》の口元《くちもと》からよだれが滴《したた》り落ちた。

「とにかく変だよ、救急車呼ぼうよ」

四人がおろおろと相談しているところに、金八先生から連絡を受けた大森巡査がやってきた。巡査は孝太郎と和晃の顔を見るなり、言下《げんか》に「ドラッグだ」と宣告《せんこく》した。

「ドラッグ？　なんでこの子たちが！」

改めて見てみると、いつも連《つ》れ立ってゲームをしながら歩いている二人の顔に明子も見《み》覚《おぼ》えがあった。特に不良っぽいというのでもない。夜遅く、手持《ても》ち無沙汰《ぶさた》に徘徊《はいかい》しているといったタイプにも見えない。金八先生は大森巡査と顔を見合わせ、とりあえず、スーパーさくらの軽トラックで、気心《きごころ》の知れた安井病院《やすいびょういん》へ二人を運び込むことにした。

病院で意識《いしき》を取り戻した二人に、大森巡査は厳《きび》しく問《と》いただした。孝太郎と和晃はそろいの患者服《かんじゃふく》を着《き》せられ、並《なら》んだベッドに腰《こし》をかけていた。

金八先生の怒《おこ》った顔を見て、和晃はすっかり怯《おび》え、打ちひしがれていた。が、孝太郎の方はといえば、いたって平然《へいぜん》としている。

「だからさ、頼まれて発売されたばかりの新しいゲームソフトと交換したって言ったろ」

「このアホンダラ！」

「だって、このタバコやったらゲームに強くなると言うからさ」

「タバコって、おまえ、タバコやってんのか」

金八先生が驚《おどろ》いて聞き返すと、孝太郎はあっさりとうなずいた。大森巡査は、しきりと手帳《てちょう》をめくって、勉強したてのドラッグに関するメモを読んでいるようだ。

「……おそらくマリファナだべ。そったらもんでゲームが強くなるわけねえべ。アホタレが」

マリファナの売人《ばいにん》と出会ったのが、繁華街《はんかがい》とかではなく、和晃の家の前だと聞いて、大森巡査は眉《まゆ》をひそめた。すでに、和晃と孝太郎は目をつけられていたのかもしれなかった。

間もなく、連絡を受けた和晃の母親の律子が血相《けっそう》をかえて病室へとびこんできた。

「和晃！　あんた一体《いったい》！」

律子は金八先生を押しのけて、和晃に駆《か》け寄《よ》った。母親に肩《かた》を抱《だ》かれ、和晃は子どものように泣きじゃくった。

「そんでもって、こっちのお袋は？」

大森巡査が孝太郎の方を見やると、律子は目を吊《つ》り上げ、きつい声で言い放《はな》った。

「来るもんですか。うちの子の気の弱いのにつけこんで入りびたっているのを、親は見向きもしないんだから」

律子は憎《にく》にくしげに孝太郎をにらみつけた。孝太郎はどこ吹く風だ。

「したども、本官《ほんかん》は本件《ほんけん》を本署《ほんしょ》に報告せねばならない義務《ぎむ》があるわけで」

「おまわりさん！」

大森巡査のひと言に、律子と金八先生はとびあがった。

「大丈夫だ、初犯《しょはん》で常習《じょうしゅう》でねえのははっきりしとるし」

「お願いします、大森くん、この通りです」

金八先生と律子は、巡査に深《ふか》ぶかと頭を下《さ》げた。孝太郎はまだクスリの余韻《よいん》なのか、ぼーっとあらぬ方を眺《なが》めていた。結局、孝太郎の親は顔を見せなかった。夜も遅くなり、金八先生は後《うし》ろ髪《がみ》をひかれつつ、安井先生の好意に甘えることにして病院を後《あと》にした。


この一件で、翌日、桜中学には覆面《ふくめん》パトカーが乗りつけた。驚《おどろ》いたのは校長だ。前日、風邪気味《かぜぎみ》で早退《そうたい》した校長に、家族のものが体を気遣《きづか》って夜中の電話を取りつがなかったのだと、本田先生が言いつくろった。しかし、千田《せんだ》校長は、ことドラッグに関しては桜中学の体面《たいめん》を傷つけないように細心《さいしん》の注意をはらってきたのに、その努力《どりょく》も空《むな》しく、いきなり生徒の不祥事《ふしょうじ》で二人の刑事に事情聴取《じじょうちょうしゅ》を受けるはめとなった。

在校生のドラッグ事件を知らなかったという校長に対し、刑事の目は冷《ひ》ややかだった。

隠蔽《いんぺい》を疑《うたが》われても仕方《しかた》のない状況《じょうきょう》だからだ。

「在校生のドラッグ事件は緊急《きんきゅう》ではないと言われるんですか」

刑事の問いに、あわてて金八先生と国井《くにい》教頭が答えた。

「滅相《めっそう》もない。緊急だと思えばこそ、大森巡査をして直《ただ》ちに本署にお知らせしたわけです」

「そうです。私どもは学校も大事ですけれど、まず子どもの救済《きゅうさい》が第一です。ですからこのことは、前後の事情がわかるまでは、どうかマスコミには……」

目の前で校長をとびこえて対話がなされ、校長は屈辱《くつじょく》にふるえた。

「当然です！　マスコミになどとんでもない！　風邪であろうとなかろうと先生方はまず私に知らせるべきでした。しかる後《のち》、私からこの一件を警察に届けるのが筋《すじ》であって、校長たるもの無防備《むぼうび》で当局《とうきょく》の事情聴取を受けるなど、みっともない目にあうなんて……！」

刑事の目がキラリと光った。

「校長先生、完全防備されてからでは私どもが教えてほしい情報はとかく隠《かく》されがちなので、お風邪はちょうどよいタイミングだったんですよ」

「なるほど。ではすべて、お風邪でなかった教頭先生、よろしくお願いしますよ、それと坂本先生」

「それはないでしょう！　なんたって本校の最高責任者は校長先生なんですから」

本田先生があきれて叫ぶと、校長はその声を掻《か》き消すように大きく咳《せき》き込んだ。

「私は病人です！　それを寄ってたかってたたくなんて、あんまりだ」

金八先生はうんざりした顔で校長を見て言った。

「そうですけどね、今は生徒のフォローをどうするかが先決《せんけつ》です」

「はい、その後は寝込《ねこ》んでもかまいませんでしょう」

校長は唇《くちびる》をかみしめ、再び刑事と向き合った。


一方、三Bの教室では、ドラッグの体験談に興味津津《きょうみしんしん》の生徒たちが、孝太郎《こうたろう》を囲《かこ》んでいた。いつもはクラスには無関心で発言もなく、ひたすら和晃《わこう》と二人でゲームばかりしている孝太郎が、今日は輪の中心にいて、いつになくお喋《しゃべ》りだった。

和晃は今日は欠席だ。孝太郎は、学校に来る途中、和晃の家に寄ったのだが、母親の律子に追い払われ、和晃には会えなかった。

「もう二度と来ないで！　和晃に近寄ったら警察に言うからねっ」

律子は害虫《がいちゅう》を見る目で孝太郎を見た。

「そんじゃ、代《か》わりにこれもらってく」

孝太郎は和晃の家の店先から、一万五千円もする新品のゲームソフトを挨拶《あいさつ》代《が》わりに抜《ぬ》き取った。

「もう、来るなーっ」

律子の激昂《げっこう》した声を背中《せなか》に受け、登校する孝太郎の姿を、和晃が二階の窓からそっと見送っていた。こうして持ってきた新しいソフトをクラスメートに見せびらかそうと思った孝太郎だったが、みんなの質問は、昨夜の孝太郎たちの体験に集中した。孝太郎はいい気分で、ますます饒舌《じょうぜつ》になった。

「へーえ、そんじゃおまえ、ゆうべは警察にお泊《とま》りしたわけ?」

そう尋ねるソンの口ぶりはちょっとうらやましそうだ。

「すげえじゃん」

「おれなんかなかなか泊めてくんないもん」

康二郎《こうじろう》も真佐人《まさと》も、孝太郎の冒険《ぼうけん》に感嘆《かんたん》して、直明《なおあき》や浩美《ひろみ》のたしなめる声など耳に入らなかった。

「で、どんな感じ？ マリファナってさ」

「それがさ、ちょっとちがうタバコだと言われたから、マリファナだと思って吸ったわけじゃないんだけどよ、やっぱ、ふわーっとしていい気分なんだ。和晃《わこう》が一本やって、おれは二本やった」

「マジ？」

「そしたら？」

「和晃のヤツはすぐにヨダレたらしてさ、おれも寝ちまったらしいんだけど、雲の上でトランポリンしている夢見てた。その雲がよ、おまえ、ピンクなんだぜ！」

「やってみてえ！」

真佐人が黄色《きいろ》い声で叫ぶと、みなが思わず注目する。

「孝太郎！ ヤバイ話をクラスに持ち込むな」

「よせよ、このまま港東の生徒が麻薬《まやく》でつかまったばかりだろ」

はらはらしながら聞いていたシマケンと哲史《てつし》が口をはさむが、孝太郎はまったく意《い》に介《かい》さない。孝太郎の話に群《むら》がっていた生徒たちは、逆にまじめな学級委員にけむたそうな顔を向けた。

「けどさ、クスリの中には哲史向きのもあるじゃん？　頭冴《あたまさ》ええさえ記憶力バッチシになるヤツもあるんだって」

背をむけている孝太郎にはわからなかったが、それらのやりとりをすぐ後ろで黙《だま》って聞いているしゅうの顔がだんだんこわばり、血の気がひいていく。しゅうの隣りに座っている生真面目《きまじめ》な性格の崇史《たかし》も、たまりかねて言った。

「孝太郎の遅刻《ちこく》は警察で小便《しょうべん》とられたりしたからだろ。少しは反省して、みんなをあおるな」

「なんでおれが反省しなきゃなんねえんだ？」

すっかりヒーロー気分《きぶん》の孝太郎は、そんな崇史たちの言葉に振り向きもせず、バカにしたように言った。

「次はぜんぜん眠くならねえってのをやるつもりなんだ」

次の瞬間、孝太郎は座《すわ》っていた机からつんのめって、落ちた。我慢《がまん》の限界《げんかい》を超えたしゅうが、後ろから思いきり突き倒したのだ。不意《ふい》を打たれて床《ゆか》に倒れた孝太郎の上に馬乗《うまの》りになって、しゅうは孝太郎を滅多打《めったう》ちにした。しかし、小柄《こがら》なしゅうに比べ、孝太郎は上背《うわぜい》も重さもある。すぐに反撃し、二人は組み合ったまま、床に転《ころ》がった。

「しゅう！　落ち着けよ、しゅう！」

崇史《たかし》とシマケンが二人がかりでしゅうを羽交《はが》い絞《じ》めにし、孝太郎をやはり直明《なおあき》ががっちり押さえつけたが、途中、とばっちりのパンチがそれて伸太郎《しんたろう》にあたり、ソンも蹴《け》られ、教室内は取っ組み合いの大乱闘《だいらんとう》となった。派手《はで》な悲鳴《ひめい》や椅子《いす》が飛ぶ音に、B組の入口は人だかりでいっぱいになる。その生徒たちをかきわけて、ようやく騒ぎを聞いた金八先生と遠藤先生が駆けつけてきた。


仮の手当てがすんで、皆が席についたときには、バンドエイドを貼った顔があちこちに見えた。

「だからよ、しゅうのやつがいきなりおれに殴《なぐ》りかかってきやがったから」

孝太郎が吼《ほ》えると、崇史がすぐに言い返した。

「いきなりじゃないだろ！　ドラッグがどうのと、ろくでもない自慢話《じまんばなし》するから、やめろといったのに、おまえがやめないからだろ」

「だから、しゅうがとびかかっていったのか？」

「そうです！」

金八先生の問いにきっぱりと答えたのはシマケンと舞子《まいこ》だ。金八先生は驚いてしゅうの顔を見た。いつものおとなしいしゅうからは想像できなかったのだ。形勢《けいせい》が悪くなって、孝太郎はふくれた。

「なんだよ、みんなだって、ドラッグやってみてえって、ギャーギャー面白がってたじゃんか」

「もう黙《だま》れよ。あれは面白がるもんじゃない」

しゅうが低い声で言う。

「よし、もっと言ってやれ」

「それだけです」

金八先生が励《はげ》ますようにしゅうを促《うなが》すと、しゅうはまたいつもの殻《から》に入ってしまった。

「もっと言えよ。あのバカ、もっと言ってやんないとわかんねえんだから」

後ろから直明の援護射撃《えんごしゃげき》がある。けれど、しゅうは、うつむいたままだ。金八先生が引き取って言った。

「そうだね、しゅうの言うとおり、ドラッグは面白半分に遊ぶものではありません。この前も話したとおり、ドラッグ一般をクスリというやつらがいますが、これは人間をだめにするクスリです。薬ではない、毒なのです」

「でも、毒薬の薬ってやっぱクスリでしょ?」

「レイ!　いいかげんにしろよ!」

玲子《れいこ》の軽口《かるくち》を、崇史がピシャリと閉《と》じさせた。

「そうですよ。まじめに話しているんだからまじめに聞いてください。君たちには自分をごまかさなければならないという、どんな理由があるのですか。気持ちが軽くなる?強くなった気がする?　それはみんな妄想《もうそう》です。一時はそんな気になっても、覚《さ》めれば元通《もとどお》りの君たち自身だ。中学三年、考えなきゃならないことがいっぱいあって現実逃避《げんじつとうひ》したいことだってあるでしょう。けれど、まったく意味もなくタバコだと思って吸ってみた?」

孝太郎はもはや何も言い返せなかった。

「そんなものは、みんな黒いお金のために仲間入りさせる口実《こうじつ》と手口《てぐち》に過ぎません。いいか、孝太郎、あれがまさにマリファナを吸っていた現行犯なら、今ごろ、おまえはこの教室にはいないんだぞ」

「どうされちゃうの?」

さっきまでピンクの雲に魅了《みりょう》されていた真佐人が、今度は心配そうに上目《うわめ》で金八先生を見ている。

「警察と麻薬Gメンが追っているのは、クスリの流通経路《りゅうつうけいろ》とお金の流れです。それを解明するためには、中学生といえども容赦《ようしゃ》はないよ。徹底的《てっていてき》に追及《ついきゅう》されます。なぜ、中学生に厳《きび》しいか。それは君たちが純真無垢《じゅんしんむく》、言葉を換《か》えて言えば、物知《ものし》らずの世間知《せけんし》らずということで、暴力団の資金源《しきんげん》としては一番チョロイ年代なのです」

「チョロイとかって、ひどくなーい?」

智美《ともみ》の抗議《こうぎ》の声があがる。

「そう? だとしたらまことにすみません。ところで、なんでも正直に話し合いましょう。この中で遊びや面白半分を含め、タバコを吸ったことのある人、手をあげる」

「はあぁ?」

今度は智美だけではない。担任の誘導尋問《ゆうどうじんもん》に抗議する三Bたち大半の声だ。金八先生はあわてて、付け足した。

「あ、私がちょっと知りたいだけなんだ。このあとの問題をわかりやすくするためであって、内申書《ないしんしょ》とかは関係ありません。好奇心《こうきしん》さかんなときだものね。ちなみに、私はませてたから中一で吸って、担任に大目玉《おおめだま》をくらいました。じゃ、机に伏《ふ》せてだったら、どうだろう？　教えてくれるかな」

「はいはい、かわいそうだから、聞いてやりましょ」

いかにも哀《あわ》れみをかけるような調子《ちょうし》で言ったのは、伸太郎《しんたろう》だった。みんながつられて机に上半身《じょうはんしん》を伏せる。

「はい、吸ったことのあるものは？」

ぱらぱらと時間差で手があがっていって、その数は過半数をゆうに超えているようだ。

金八先生はひとわたり見渡して、わざと明るい声で言った。

「ありがとう。案外《あんがい》、少ないね」


帰り道、しゅうは後味《あとあじ》の悪い思いをかみしめながら、ぐんぐんみんなを追い抜いて、歩いていった。孝太郎がにらみつけているのにも、崇史が心配そうに見送っているのにも気づかなかった。

家に帰ると母はまだ帰っていなかった。しゅうは吸い寄せられるように、奥の部屋の前に立った。かすかな吐息《といき》が聞こえる。そっと戸をあけると、カーテンを下《お》ろした薄暗《うすぐら》い部屋に横たわる父の姿がある。しめきった部屋は午後の熱気でむっとしていた。しゅうの気《け》

寝たきりの父の汗ばんだ体を拭いてやったしゅうに、母・光代は「よけいなことはしないで、やるときは私がやるんだから！」とすごんだ。

配《はい》に、父はやっと少しだけ首をねじり、何か言いたそうに口元《くちもと》をわななかせた。その無残《むざん》な姿に、しゅうは思わず目をそむけた。

父親の体をタオルでふいてやって、そっと部屋から出たしゅうは、帰ってきた光代と鉢合《はちあ》わせしてしまった。光代は射《い》るような目でしゅうを見た。

「何をしていたの？」

「汗をかいていたみたいだから……」

おどおどと答えるしゅうの手から、光代は乱暴《らんぼう》に濡《ぬ》れタオルをひったくった。

「余計《よけい》なことしないで！」

「ごめんなさい……でも、お母さん、いま手が悪いから」

「だから、やるときは手伝ってもらってる

じゃないの。勝手《かって》なことはしてほしくないの」

「はい……」

「ほんとに汗《あせ》をふいただけね?」

光代の目の光を見て、しゅうはたじろいだ。何かに憑《つ》かれたような目だ。

「まさかとは思うけど、あの人の寝顔《ねがお》にこれを乗せたりしてごらん、どういうことになるかわかってるわよね」

「お母さん!」

「あの人には、私たちしかいないの。だからそのときは、私たちのどっちかがやるんだろうけど、あんたになんかやらせない」

母親の凄《すご》みのあるささやき声に、しゅうは恐ろしくなって叫んだ。

「ぼく、そんなつもりでは……ほんとうに汗をいっぱいかいていたんだ」

「私が介護《かいご》の手を抜いているというわけ? 汗臭《くさ》くなるまでほっといているというわけ?」

光代は手にした濡れタオルをしゅうに向かって力いっぱい振り下ろした。打たれて後ずさるしゅうを追い詰《つ》めるように、包帯《ほうたい》のない方の平手《ひらて》で頰《ほお》を打ち、足で蹴《け》った。奥の部屋からうめき声のようなものが聞こえる。それが光代をいっそういらだたせ、光代は自分がくずおれてしまうまで、頭を抱《かか》えてうずくまっているしゅうを打ち続ける。

夜になって、しゅうは鬱屈《うっくつ》をふきとばすように自転車を走らせた。頭の中を光代の言葉がこだましている。

「殺すときはおれがやる。母さんにはさせない、母さんには絶対に！」

そうつぶやきながら、しゅうは力いっぱいペダルを踏みこんでいた。

Ⅵ 勝負のゆくえ

金八先生との〝勝負〟をかけた三Ｂのソーラン。最後にしゅうのバック宙がピタリと決まると、ポッカリ空いた光の輪の中に微笑んで立ったのはヤヨだった。

今年も桜中学に、いちばんにぎやかな季節がやってきた。文化祭まであと二週間、校庭《こうてい》でも校舎《こうしゃ》でも、各クラスともさまざまな演《えん》じものの練習を繰《く》り広げている。三年では、乾《いぬい》先生の三Aは合唱、北《きた》先生の三Cはタップダンスで、連日、壁越《かべご》しに右からも左からも熱心な練習の声が聞こえてきていた。

ところが、三Bだけはいまだ何をするか、決まっていない。学級委員のシマケンと祥恵《さちえ》だけが、焦《あせ》って話し合いをすすめようと声をはりあげていたが、話し合いはいっこうに進まなかった。相変《あいか》わらず勝手なおしゃべりが多いため、話し合いにならないのだ。金八先生がいなくなると、サンビーズにいたっては、廊下で踊りだす始末《しまつ》だ。金八先生は内心ひどく焦りながらも、根気強《こんきづよ》く、生徒たちの中に自発的《じはってき》にやる気が出てくるのを待っていた。

校内中にひびく練習の騒音《そうおん》に辟易《へきえき》している人物が、もう一人いた。千田《せんだ》校長だ。校長に言わせれば、文化祭など時間の無駄《むだ》だった。金八先生が呼ばれて校長室へ行くと、校長は苛立《いらだ》ちと怒《いか》りで顔をどす黒くして、待っていた。目の前の机に、給食費の未納《みのう》を知らせる紙がのっている。

「狩野伸太郎《かのうしんたろう》の給食費はどうなってるんですか!」

開口一番《かいこういちばん》、校長が怒鳴《どな》った。伸太郎は督促状《とくそくじょう》を捨てたのだろうか。あるいは、親が握《にぎ》りつぶしてしまったのか……。

さすがに放《ほう》っておくわけにはいかず、金八先生は二通目の督促状を持って直接、仲太郎の家をたずねることにした。

「今日、君んちを訪ねなきゃならないんだけど、お父さんお母さん、何時ごろならご都《つ》合《ごう》がいいだろうな?」

「わかんねえ」

仲太郎は金八先生をちらっと見ただけで、そっけなく答えた。

「おうちは鉄工所《てっこうじょ》だそうだけど、自宅が事務所となっているから、夕方にはいるよな?」

「そうかな」

「ま、いい。八時にお寄りするからと、そう伝えておいてくれ」

しかし、夜、狩野鉄工の看板《かんばん》をかかげた仲太郎の家を訪ねていった金八先生は、あやうく仲太郎の両親とすれ違うところだった。

「あちゃー」

なんとなく聞き覚《おぼ》えのある声が聞こえて、暗闇《くらやみ》に目をこらすと、仲太郎の父親が鉄工所の前にとめた外車の横にしゃがみこんでいる。愛車に傷がついたらしい。

「あのう、伸太郎くんのお父さんでいらっしゃいますか?」

「おう」

「私、桜中学のですね、伸太郎くんの担任で」

金八先生がそう言いかけた途端《とたん》に、伸太郎の父親はそそくさと車に乗り込んだ。

「あのな、時間ないんだ」

「すみません、実は給食費のことで」

「そういうのは、また今度」

そう言い捨てるなり、伸太郎の父はアクセルをふみこんだ。その逃げ足の速さに、金八先生は思わず感心して見送ってしまった。さすがは金八先生を手こずらせている伸太郎の父親という気がしたのである。つづいて鉄工所から派手《はで》なスーツに身をつつんだ女性が出てきた。

「狩野伸太郎くんのお母さんですね?」

「今、間に合ってるけど」

母親の方は金八先生の方を見向きもせずに、ハイヒールをコツコツ響《ひび》かせて行き過ぎようとした。

「いえ、全然間に合っていないのでうかがったのですが」

「あんた、誰よ。話によっちゃ人を呼ぶわよ」

「待ってください。私は桜中学で伸太郎くんの担任の坂本と申しますが」

伸太郎の母親は足をとめて、まじまじと金八先生を見ると、満面《まんめん》に愛想笑《あいそうわら》いを浮《う》かべた。

「ああら、やだ。ごめんなさい。でも、私、忙しいの。またにしてくれない?」

「また、と言いますと?」

「またと言ったら、今日はダメってこと」

「いえ、待ってください。こちらの話も聞いていただかないと……」

「私、忙しいの、接待《せったい》があるんでさ」

「じゃあ、私も接待いたしますから」

「先生が? 私にぃ? やだぁ、はじめてぇ。じゃあ、ネコちゃんでいいかしら」

母親は上機嫌《じょうきげん》で金八先生の腕《うで》をバシバシ叩《たた》いて、笑った。

「ネコちゃん……?」

「ネコちゃん」というのは、近所のスナックだった。金八先生がついていくと、伸太郎の母親は店に入るなり、そこのママらしき女性と親《した》しげに声をかけた。

「奮発《ふんぱつ》してサービスしてよ。三年生だもの、内申書《ないしんしょ》も魚心《うおごころ》あれば水心《みずごころ》ってね」

「いえ、私は決してそんなつもりで案内していただいたわけでは」

あわてる金八先生を、伸太郎の母親とママはむりやりソファに座《すわ》らせた。

「でもさ、もう来ちまったんだから、ゆっくりしてってくださいよ。シャムちゃん、量《りょう》太《た》を呼んどいで。ペルちゃん、あんたは先生にしっかりついて」

あっという間に金八先生の横にはフィリピーナがべったりと身をよせて座り、〝三毛猫《みけねこ》ブルース〟とやらの名前つきのカクテルが出されてきた。

「いえ、サービスは結構です。実はですね、伸太郎くんの未納《みのう》の給食費について、ですね」

金八先生が切り出そうとしたところに、両腕に女性を抱《だ》いた量太が現《あらわ》れた。

「量太……！　おまえ、いくつだと思ってんだ、中三がこういう店に！　すぐに出て行きなさい！」

真っ赤になってドアを指さした金八先生に、量太は両腕をひろげて余裕《よゆう》のポーズをとった。

「おれんちだよ、ここは」

「えっ」

見るとすでに仲太郎の母親の姿はない。こうして金八先生は、まんまとまかれてしまったのである。

仲太郎と量太の母親に翻弄《ほんろう》され、金八先生はどっと疲《つか》れを感じながら、夜の道を歩いていった。途中、さくら食堂にまだ灯《あか》りがともっているのを見つけ、受験勉強の幸作に大福《だいふく》を買っていってやろうと立ち寄った。すでに、のれんは落としていたが、中には人相《にんそう》の悪い若い男がふたり、ふんぞりかえって座っている。

「あらぁ、先生」

比呂《ひろ》の母親の和枝は、金八先生の顔を見るとほっとした笑顔をうかべて、寄ってきた。先生と聞いて、チンピラ風の男の目がギラリと光った。金八先生が大福の勘定《かんじょう》を払おうと財布《さいふ》を引っぱり出していると、兄貴分《あにきぶん》らしい方の男が近づいてきた。

「あんた、このへんの学校の先生?」

「ええ、すぐそこの桜中学の教師です」

「じゃあ、丸山って子がいる?」

大福をつつんでいる和枝が、金八先生に目配《めくば》せしている。金八先生は穏《おだ》やかな笑《え》みをうかべて、とぼけた。

「丸山? 下はなんて名前ですか」

「いや、丸山としかわからないんだけど」

「そうですか。何年生です?」

「さぁ、小柄《こがら》だし二年生くらいかな」

男はいらだって、脅《おど》しつけるようにそばにあった椅子《いす》の足を蹴《け》った。が、金八先生はあくまでもにこやかである。

「そうですか。近頃《ちかごろ》子どもの数は減ってるといっても、それだけじゃわかりません。お役に立てなくてどうも」

食堂を出ると、外の風がさきほどよりもぐっと冷たく感じられた。

翌朝、金八先生は土手《どて》の道でそれとなくしゅうを待っていた。一人でしゅうが歩いてくるのを見つけると、偶然《ぐうぜん》を装《よそお》ってしゅうに声をかけた。

「おはよう、しゅう。元気か」

しゅうが小さく会釈《えしゃく》を返す。金八先生はにこにこしながら、しゅうに並んだ。

「ねえ、きみ、イタズラか何かしなかったかなあ？　いえね、ゆうべ、男の人がきみのことを探してたみたいだから」

しゅうの顔がこわばった。あの二人組には、これまでに夜の道で何度か追い回され、あやうく逃げおおせていた。しゅうは、ごくりとつばを呑《の》みこみ、頭を横に振った。金八先生はしゅうの表情が曇《くも》ったのをじっと見ていたが、このなつかない生徒を追い詰《つ》めないよう、わざと明るく言った。

「うん、べつにどうということはないんだけどさ、私で間に合うことがあれば、なんでも相談にのるからね。ただし、ガールフレンドを紹介して、なんていうのはだーめ」

金八先生としては、なんとかしゅうとの間の空気をなごませたかった。けれど、しゅうは、いきなり足もとの空き缶を力いっぱい蹴《け》り上げて、金八先生の話を中断《ちゅうだん》させた。

「今のぼく、きれたら何するかわかりません。だから、ほっといてください！」

そう言うなり、しゅうは全速力で走っていってしまった。

文化祭までの時間はいよいよ残り少なくなってきた。今日、クラスの出しものが決まらなければ、もう棄権《きけん》するしかないという日になって、金八先生は英語のライダー小田切《おだぎり》とシルビア先生にひと肌《はだ》ぬいでくれないかと頼み込んだ。

三Bの演目《えんもく》の候補《こうほ》のひとつとして、幸作の代から〝伝統〟となっているソーラン節《ぶし》があがっていた。ほかにこれといった候補がない以上、ソーラン節を踊るほかなさそうだったが、おそらく三Bたちがいつまでもダラダラしているのは、今ひとつソーラン節に乗り気になれないところがあるせいだった。ヒップホップ系の曲はいつもサンビーズたちが踊っており、自分たちの好きな曲を踊りたがったが、それも全員の賛成を得られないでいた。三Bははじめから空中分解《くうちゅうぶんかい》していた。

そこへ来てライダー小田切とシルビアがソーラン節を褒《ほ》めちぎった。「三B伝統のソーラン節はいつもかっこよくて感動する、セネガルの町の人々にも伝えたい」などと言ったものだから、ついその言葉にのせられて、とうとう三Bたちはソーラン節を踊ることとなった。ダメならダメで、全校生徒の前で恥をかくのもひとつの学習だと腹をくくっていた金八先生は、すべりこみセーフの知らせを聞いて、ほっとしたのだった。

そうと決まれば、踊りの指導者には事欠《ことか》かない。初代ソーランを踊った三Bのために、学校に併設《へいせつ》されているデイケアセンターのお年寄りたちが作ってくれた大漁旗《たいりょうばた》の半纏《はんてん》を出してきて、金八先生は感慨深《かんがいぶか》くそれらを眺《なが》めた。

今年もソーランをやる、半纏の授与式《じゅよしき》をやりたいという知らせをうけて、卒業生の信太《のぶた》、チュー、美紀《みき》が教室に顔を見せた。現役三Bたちはまだピンとこない様子《ようす》ながら、先輩から半纏を受け取り、ソーランの練習はスタートした。

3Cのタップも一年のマスゲームもほとんど完成しているというこの時期に、三Bはずいぶん遅れてゼロからスタートしたのだった。指導をかって出た遠藤先生は大《おお》はりきりだったが、三Bたちの方はどうせ優勝なんかできるはずはないし、なんとか棄権《きけん》は免《まぬか》れたぐらいの気持ちしかない。

河原《かわら》での練習にもなんとなく熱が入らない。真佐人《まさと》たちは派手《はで》な半纏を喜んで、本番前から羽織《はお》ってはおもちゃにしていた。そして——事件は起きた。

同居しているデイケアセンターの田中センター長が、大漁旗の半纏が下駄箱《げたばこ》からだらしなくはみ出しているのを見つけたのである。汚《きたな》い上履《うわば》きといっしょに無造作《むぞうさ》につっこまれた半纏を手にとると、センター長は激怒《げきど》して練習場へ走っていった。

「コラーッ！　誰だ、この半纏を粗末《そまつ》に扱ったものは！」

ものすごい怒鳴《どな》り声に、ギョッとして生徒たちが見ると、センター長が怒《いか》りで荒い息をしながら立っている。

「あ、それ」

真佐人が、センター長の手にしている自分の半纏に気づいたが、それより先にシマケンが前へ出た。

「どうもすいません」

「君か、学級委員のくせして！」

「いえ、そういうわけじゃ……」

口ごもったシマケンを深追《ふかお》いせず、センター長はつづけた。

「たとえ誰であろうと、この半纏は、ケアセンターのお年寄りがお小遣《こづか》いを出し合って、ソーラン節を踊る三Bのためにプレゼントしてくださったものなんだ。その中にはもう亡くなった方もいる。いわばその人たちの形見《かたみ》でもあるんですっ」

センター長の剣幕《けんまく》にびっくりした三Bたちは、何も言えずに突っ立っている。センター長の怒りはますますエスカレートする。

「中学三年生にもなって、物を大事にできないようじゃ、ろくな人間になれないのがわからんのか、このドアホ！」

唾《つば》をとばして怒鳴りつけるセンター長の肩《かた》に、いつ来ていたのか遠藤先生が後ろから手をかけた。

「オイ！ 貴様《きさま》ぁ、教師でもないのに、本校の生徒を勝手に怒鳴るな！」

振り向いて、センター長が言い返す。

「教師であろうとなかろうと、大人が子どもに注意してどこが悪い！」

「黙《だま》れ！ ドアホ呼ばわりのどこが注意だ！」

二人の熱い言い合いを、三Bたちは半分呆気《あっけ》に取られ、半分はおもしろがって傍観《ぼうかん》している。ケアセンターから心配して、乾《いぬい》先生の妻でもある英子と介護士の高橋が駆けつけ、止めに入った。しかし、二人とも一歩もひく気がない。

「私はですねっ、こんな大切な物をぼろ同然に扱われたら黙っちゃいられないんです！

それをこの男は」

「男？ 彼らの教師にむかって、この男とは何だ！ この男とは！」

「教師なら教師らしく、このクソガキどもをちゃんとしつけろ！」

「なんだと！」

「それが教育ってもんだろ、このドアホ!」

言い合いは平行線《へいこうせん》をたどり、なかなか終わらない。ついに三B担任の金八先生に国井《くにい》教頭、それに田中センター長と英子とが校長室で話し合うことになった。

千田《せんだ》校長はケアセンターとのトラブルと聞いて、あからさまに嫌《いや》な顔をした。

「だから私は、赴任《ふにん》したときから、教育の現場と老人ホームが一緒だと言うのが……」

ケアセンターの人々に対する校長の態度は、慇懃《いんぎん》無礼《ぶれい》とでもいうべきものがあった。ケアセンターを明らかにじゃまなものとして見ているのがいっそうセンター長の怒りを煽《あお》る。

「お言葉ですが、ケアセンターは老人ホームではありませんですよ」

「しかし、じいさんと婆さんが……失礼、お年寄りの集会所という意味では同じです。そこの責任者にですな、生徒をアホバカ呼ばわりされて、坂本先生は担任として黙《だま》っているつもりなのかと聞いているんです」

金八先生が静かに答えた。

「いえ、黙ってなんかいません。教頭先生も一緒に行ってくださるとおっしゃるので、お詫《わ》びとお礼に行ってこようと思っておりました」

校長は信じられないという目つきで金八先生を見た。しかし、国井教頭も金八先生と同意見だった。

「差し出がましいことでしたら謝ります。あの半纏《はんてん》を粗末《そまつ》に扱ったのは三Bの生徒ですし、センター長が気づいてくださらず、もしも数が合わなくなっていたらば……」

孤立《こりつ》した校長は、額《ひたい》に青筋《あおすじ》をたてて怒鳴った。

「そのときはソーラン節などやめればいいのです！」

「いいえ、やめるやめないを決定するのは生徒たちで、文化祭は生徒の自主性に目的をおいている以上、われわれにはそのどちらも強制はできません」

金八先生も校長に負けず頑固《がんこ》だった。つづいて、ケアセンターの立ち上げ以来、信念を持って運営してきたセンター長と英子が切《き》り口上《こうじょう》で言った。

「失礼。私からも申し上げておきますが、私どもさくらデイケアセンターというのは桜中学の居候《いそうろう》ではないということを再確認していただきたい。公立中学とは公のものであり、私どもは区議会にしかるべくその空《あ》き教室を経済面、教育面、安全面からご検討《けんとう》いただき、利用させていただいているものです」

「それとですね、お年寄りは好きで年寄りになったわけではありません。校長先生のお身内《みうち》にお年寄りがいらっしゃるかどうかは存《ぞん》じませんが、お年寄りを厄介者扱《やっかいものあつか》いするのは教育に関《かか》わる方のお考えとは思えないし、人生の先輩に対して失礼だと思います」

あまりにもまっとうな怒りの言葉に、校長も弁解《べんかい》のしようがなかった。一方、金八先生は、そんな当たり前のことを半年以上かけても教えてこれなかった自分を恥《は》じた。そして、今までとは違う生徒たちの感触《かんしょく》に、これまでなんとなく腰のひけていた自分を反省し、みずからを戒《いまし》める言葉として、それを聞いたのだった。

急きょ自習になった三Bでは、責任を感じた遠藤先生が生徒たちの面倒《めんどう》をみていた。

「校長と坂本先生は昔から折り合いが悪いんだ。だから、また担任がとばされでもしたらどうするんだ?」

正直な遠藤先生は、心配のあまり、裏事情まで暴露《ばくろ》してしまった。けれど、生徒たちの反応は意外なほどドライだ。

「いいじゃん」

「おれさぁ、おじんよりもっと若い担任の方がいいな」

「マドモアゼルシルビアみたいな」

「坂本先生は物知りだしぃ、わかりやすく言ってくれるから悪くないけどさ、できれば友だちみたいに一緒にカラオケ行っておごってくれたらな」

さすがの遠藤先生も、開いた口がふさがらない。しかし三Bたちは、遠藤先生がなぜ驚いているのかさえ、よくわかっていないようだ。

「いいから、勝手に半纏《はんてん》持ち出したやつが謝りに行けよ」

「自習時間でしょ、自習させてよ」

そんな利己的《りこてき》な発言もちらほら飛び出している。

そのうちに金八先生が教科書とボードをかかえてやってきた。いつものように、にこにこしている。遠藤先生とバトンタッチすると、金八先生はいつものように相田みつをの言葉を黒板に貼《は》った。

『自分の　うしろ姿は　自分じゃ　見えねえンだ　なァ』

「そんなん、あたりまえじゃん」

すぐさま、真佐人《まさと》が口をはさんだ。金八先生は話し続ける。

「顔ではごまかせても、後ろ姿は、自分では意識できないからごまかせない。あるがままの人間性が、そのまま全部出ちゃうんだな……」

「そうかも」

それから金八先生がひとことと、ふたことしゃべるたびに、三Bたちは勝手気ままに口をはさんだ。いつものことだ。茶化《ちゃか》し合っているうちに、チビの真佐人は自分の椅子《いす》の上に立ち上がっていた。

「真佐人、真佐人、席につきなさい」

金八先生に注意されると、逆に真佐人は甘えて口をとがらせた。

「だって、智美《ともみ》はいつも生意気《なまいき》なんだもん、なんとか言ってよ、先生ぇ」

「私はきみに座《すわ》れと言ってんだっ！」

金八先生の雷《かみなり》が落ちた。はじめてのことに、一瞬、教室はしんとなった。

「座れよ真佐人、これで三度目だ」

真佐人はびくっとして、席に着いた。それでもなお、車掌《しゃしょう》が拡声器《かくせいき》で茶々《ちゃちゃ》を入れる。

「ああ、なにを怒っているのでございましょうか」

「校長に締《し》め上げられたんで、八《や》つ当たりしてんじゃねえの？」

憎《にく》まれ口《ぐち》の伸太郎《しんたろう》を金八先生はぐいとにらみつけた。

「ああ、もう八つ当たりを通り越してこの時間は今から九つ当たりの九当たりにする」

「なんのこと?」

「麻田玲子《あさだれいこ》、今は国語の時間です。質問があれば正しい日本語で言いなさい」

金八先生の口調《くちょう》には有無《うむ》を言わせぬ厳《きび》しさがあった。玲子はのろのろと立ち上がると言い直した。

「だから……九当たりとは何のことですか」

「ハイ、よく、できました」

「バカみたい」

ふてくされてプイと横を向いた玲子の言葉も金八先生は逃《のが》さなかった。

「きちんとした言葉遣《づか》いを正しく評価して、そのどこがバカなのかね、麻田玲子」

玲子は唇《くちびる》をかみしめて黙ってしまった。

「学級委員、三つの決まりを読んでください」

シマケンが前に貼り出してある〝三Bの決まり〟を読み上げた。

一、他人の話はちゃんときく。
一、意見がある時は、手をあげて言う。
一、みんなで決めたことは、みんなで守る。

「これは、私がこのクラスにきたときの君たちとの約束です。その約束を完全に守っているという自信のある者、手を挙《あ》げてください」

いつもと違う金八先生の様子《ようす》に、クラスはざわめいた。が、手はひとつも上がらない。

「この中にも、決まりを守ろうとしているものがいるのは、私も気がついています。けれど、誰かが発言するとすぐに蜂《はち》の巣《す》をつついたような騒《さわ》ぎになるので、その子たちもあっけなく巻き込まれている。情けないねえ。君たちは、本当に情けないねえ」

つくづくと金八先生にそう言われて、三Bたちの胸には反発《はんぱつ》する気持ちがくすぶっているのだが、何も言い返すことができない。金八先生はさらに続けた。

「そういう騒ぎを別の言葉で言えば、授業妨害《じゅぎょうぼうがい》という。わかるか、伸太郎!」

「わっかんねえ」

恐《おそ》れを知らぬ伸太郎がふてぶてしいポーズで答えると、金八先生は直球《ちょっきゅう》で投げ返した。

「わかんなかったら、わかるまで、ゆっくり、静かに聞いていなさい！　授業妨害に出会うというのは、教師の力量の問題です。授業妨害にあうというのは、私の負けだ。しかし、私が我慢《がまん》できないのは君たちのタメ口《ぐち》です。はじめはおたがい気楽《きらく》に話せていいかと見逃《みのが》していました。そのうち聞き苦しさに耐《た》えられなくなって、自分たちで直していくのだろうと思っていました。ところが、どうだ。直るどころか、最近ますますひどくなるばかりだ。タメロとは、友達どうしの、仲間うちの言葉です。言っておくが、私はきみたちの友達でもなければ、中学三年生でもない。君たちの担任教師だ。その教師の真面目《まじめ》な質問に対してわかんねえとは何事《なにごと》だっ、仲太郎！」

仲太郎は、精いっぱいつっぱって反抗的な目つきで担任を見据《みす》えている。

「相田さんの言葉に対して、あたりまえじゃんとは何事だっ、真佐人！」

怒鳴られて、真佐人は早くも涙目《なみだめ》になっていた。しかし、金八先生は手をゆるめない。

「相田さんは、あたりまえということがどんなに大切か教えてくださっているのです。この言葉を心にきざんでおけば、将来大人になったときにきっと強い支《ささ》えになる、そう思うからこそ、毎日教えているのです。それに対して、タメロで茶化《ちゃか》すとは、君らはどういうつもりなんだ。これから高校、あるものは大学、そして社会へ出て、そのタメロで君らはどんな大人になるつもりだ！　君らは家でも親に対してそんな口をきいているのかね。だとしたら、私は子どもたちを育てる一人の大人として、今度の個人面談では、君らのご両親にけんかをふっかけなければなりません」

しんと静まりかえった教室で、仲太郎だけが強がって、まだタメ口で応戦《おうせん》してくる。

「おもしれえじゃん。やってみたらいいんじゃない」

「仲太郎！」

舞子《まいこ》のたしなめるのを無視して、仲太郎はバカにした態度を続けた。

「直明《なおあき》んちの親父、つえぇからね、どうだろうね」

「けど、うちの親父はお祭りのとき以外はケンカしないです」

いつもはタメ口の直明が、さすがに神妙《しんみょう》な口《くち》ぶりだ。

「私が受けて立たずとも、もともとここの地域のご家庭は、言葉は飾《かざ》らないけれど忌憚《きたん》なく意見を交《か》わし、助け合う土地柄《とちがら》で私は好きでした。ところが、きみたちはこの町の子どもとも思えない。たるみっぱなしのゆるみっぱなしで。情けない。情けないなあ。文化祭だってそうでしょう。そりゃ、ソーラン節は君たちが惚《ほ》れ込んで決めたものではないかもしれない。それだったら、みんなで話し合って、君たち独自《どくじ》のものを企画《きかく》すればいいと、私は何度も言ったでしょう!」

「でも、それには時間が……」

シマケンが困《こま》った顔で手を挙《あ》げるのを、金八先生は制《せい》してつづけた。

「時間がないのは三Aも三Cも同じです。時間切《ぎ》れなら時間切れでいいですよ。文化祭で壇上《だんじょう》に上がって、三年B組は何もすることがありませんと皆で頭を下《さ》げればいい。その度胸《どきょう》が君たちにはあるかね? どっちを選ぶかは君たちの自由です」

「僕たちはソーラン節をやると決めました。やらせてください!」

シマケンが立ち上がって叫ぶが、後に続くものがいない。みな、椅子《いす》に釘付《くぎづ》けになったかのように動けないでいた。金八先生がおもむろにセンター長から預《あず》かってきた半纏《はんてん》を出すと、真佐人《まさと》が反射的《はんしゃてき》に指さした。

「あ、おれのだ」

「君のものじゃないよ、真佐人《まさと》」

金八先生の声は穏《おだ》やかだが、反論を許さぬきびしさを含《ふく》んでいる。

「これは、五年前に亡くなられた大西元校長はじめケアセンターのお年寄りたちが、君らが立派《りっぱ》にソーラン節を踊《おど》れるように、みんなたくましく成長するようにと、ひと針《はり》ひと

下駄箱の中に無造作に突っ込まれていた半纏、この半纏はケアセンターのお年寄りたちが旧三Bたちのために、心を込めて一針一針縫ってくれたものだった。

針、一生懸命縫《ぬ》ってくれたものです。この半纏は、君の席に座《すわ》って懸命《けんめい》にソーラン節を踊ったデラやチュウ、先輩の三年B組のものです。そしてやがてこの三年B組のクラスの子になり、懸命にソーラン節を踊る未来の後輩たちの半纏です。君たちだけの半纏じゃありません。まず、この半纏の袖《そで》に腕《うで》を通《とお》す資格《しかく》があるのかどうか、しっかり話し合ってください。タメ口でもなんでもけっこうですから、しっかり話し合って結論《けつろん》を出してください。オジンがいてはけむたかろうから、私は席をはずします」

　教室は静《しず》まり返っていた。何人かの生徒の目には涙が浮かんでいる。生徒たちがなんと答えていいかわからないでいるうちに、金八先生はさっと教室を出た。

啖呵《たんか》を切って出てきたものの、金八先生は落ち着かなかった。今まで甘《あま》やかしてきたのに、急に怒鳴《どな》られてもそれをはねかえす力があるのかどうか、金八先生には今の三Bたちがやはり信じ切れなかった。あれほど怒《おこ》っておきながら、涙を浮かべた幼《おさな》い真佐人の顔を思い出すと、かわいそうな気がしてくる。

三Bの教室からまっすぐ保健室へやって来た金八先生は、落ち着かずに行ったり来たりしながら、本田《ほんだ》先生に言うともなくつぶやいた。

「あの年頃《としごろ》というのはマジで謝るなんて照《て》れくさいもんです。ましていつもやりつけていることではないし。何しろ近頃《ちかごろ》の子どもは叱《しか》られつけてないですからね、謝り方も知らんのですよ……」

本田先生がどう答えたらいいのか、言葉を探しているうちに金八先生はそわそわと出て行った。

三Bの教室の前まで来ると、中のしーんとした静けさが伝わってくる。金八先生はふと満足《まんぞく》の笑《え》みを浮《う》かべ、教室のドアを開け、同時に愕然《がくぜん》となった。教室はもぬけのからだったのである。集団脱走《しゅうだんだっそう》、ボイコット……。金八先生はがっくりしてその場に立ちすくんだ。

三Bたちは河原《かわら》にいたのだった。誰とはなしに教室を出て、河原のあたりまで歩いてきた。そしてそこで座《すわ》り込んだまま、暗い気持ちでうち沈《しず》んでいた。誰かが、授業をボイコットすると内申書《ないしんしょ》にひびくと言い出した。そこではじめて、三Bたちはだいそれたことをしてしまったような気がしてきたのだった。

金八先生はその夜、布団《ふとん》にもぐってからも悶々《もんもん》と考え続けた。考えに考えた。窓の外が白《しら》みはじめた頃、何かふっきれるような気がして、金八先生は早々《そうそう》に布団をたたみ、前もって用意していた相田みつをの言葉が書かれたボードの束《たば》を取り出し、その日の朝に示すボードを選び始めた。

一方、三Bたちもまた後味《あとあじ》の悪い一夜《いちや》をすごしていた。朝、時間がきても、比呂《ひろ》が有希《ゆき》、智美《ともみ》らと店の前でぐずぐずしていて、母親に追い払われる始末《しまつ》だ。金八先生はすごく怒《おこ》っているに違いない。そう思うと、三Bたちはみな学校へ向かう足どりも重く、通学路では知らず知らずのうちにクラスでまとまって歩いていた。しんがりを行く伸太郎《しんたろう》は、担任は今日は休みに違いない、と言う。

「あいつは来ない。生徒にボイコットされたって学校中に広まって、普通の神経じゃ恥《は》ずかしくて来れないだろ」

「たしかに昨日は普通じゃなかったよな」

「いやいやフツーのおじさん、いたってフツーのおじさん。絶対へこんでるって。だから、来ないって」

伸太郎は自分に言い聞かせるように繰《く》り返した。誰もが金八先生に顔を合わせるのを恐《おそ》れていた。すると、土手《どて》の上の方から声がする。

「おーい、おはよう!」

見ると、金八先生が満面《まんめん》の笑《え》みで手を振っているではないか。三Bたちは驚《おどろ》き、困惑《こんわく》して、頭を下《さ》げた。

「おはよう……ございます」

「うん、どこ行くんだ?」

「学校……デス」

と真佐人《まさと》。

「じゃ、一緒だな！」

金八先生は元気に答えて、ずんずん歩いていった。三Bたちは呆然《ぼうぜん》とその後ろ姿を見送《みおく》った。

ホームルームのチャイムが鳴ると、今日の三Bたちは自ら教室に入り、金八先生が入ってくると、黙《だま》って席についた。私語《しご》がひとつもない。金八先生は今日の言葉の書かれたボードを黒板に貼《は》った。

『いいことは　おかげさま
　悪いことは　身から出たさび』

「いい言葉ですね、この〝おかげさま〟。おじいさんやおばあさんがよく言っているでしょう？　お元気ですね、はい、おかげさんで、というのは何のおかげかな？　ほんとはね、ご自分で努力しているのに〝あなたのおかげで〟〝みなさんのおかげで〟というこの謙虚《けんきょ》さ、優《やさ》しさ、そういわれたら誰だってあたたかい気持ちになるよね。それとは反対にいいことがあればおれの力だとのぼせるし、悪いことがあれば、〝あいつのせいだ〟と恨《うら》んでしまう。私には耳が痛かったな。昨日はあんなふうにみんなのボイコットを食《く》らうとは思いませんでした。ショックでした。けれど、私は考えました。私をボイコットするためなら、きみたちは一致団結《いっちだんけつ》できるのですね。すばらしい団結力でした」

崇史《たかし》がすっと手をあげた。

「ぼくたちは、話し合ってボイコットしたわけじゃありません。ただなんとなく……すみませんでした」

すると、崇史につづいて謝る声があちこちからあがった。シマケンが皆できちんと謝罪しようと提案《ていあん》すると、伸太郎が待ったをかけた。

「文化祭でソーラン節《ぶし》踊れなかったら、壇上《だんじょう》で頭下《さ》げて謝れって、あいつに言われてんだ。なんで、謝らなきゃいけないんだよ」

「誰も謝れとは言ってやせんよ」

「じゃあ、どうすればいいんですか」

直明《なおあき》が言うと、金八先生はあらためて、真佐人《まさと》の半纏《はんてん》を取り出した。

「この半纏《はんてん》の袖《そで》に腕を通すのか、三Bは何もできませんでした、と壇上で頭を下げるのか、この二つに一つをまずみんなで決めてください。……まあ、君たちにはそのどっちをとる度胸《どきょう》もないでしょうがね」

ぼそっと付け足した金八先生のつぶやきに、直明と仲太郎の目の色が変わった。そのとき、教室のドアが開いて、元三Bの友子にヒノケイ、慶貴が突然、姿を現した。

「どうしたんだ？　おまえたち」

「どうしたもこうしたも、今の三Bがソーラン節踊れないから、都合《つごう》つくヤツは手伝え、とメールがまわって」

「それに、授業ボイコットされてらちがあかないんでしょ」

先輩三Bは妙《みょう》に貫禄《かんろく》のある仕草《しぐさ》で、現役三Bを見渡《みわた》した。その様子《ようす》に金八先生は顔をくちゃくちゃにして微笑《ほほえ》んだ。

「いや、ありがとう。でも、それは余計《よけい》なお世話《せわ》だな」

「余計なお世話？」

「まあ、聞いてくれよ。今度の三Bはさ、ソーラン節の半纏の伝統を聞いただけでビビっちゃってさ、着る勇気がないんだもの。それに、文化祭の壇上で何もできませんって、頭を下《さ》げる度胸もないんだぜ。だからもう、ほんとになぁ」

三Bたちの目に負けん気が燃えてくるのを横目《よこめ》で見て、金八先生は楽しそうに続けた。

「いやあ、しかし、昔の三Bはよかったよな。おれたちはほら、わかりあえないことがあると、とことん話し合ったじゃないか。私たちと君たちは、そう、いつも勝負をしました。でも、今年の三Bはさ、私が勝負しようといっても、三〇人でそろって逃げちゃうんだもん、そりゃ、勝負にも何もなりゃせんのだよ」

「おい、今度の三Bはそんなに情けないクラスなのかよ。金八つぁんとの勝負、受けて立てよ！」

ヒノケイが叫ぶと、金八先生はその横で車掌《しゃしょう》の口癖《くちぐせ》をまねて、手をふった。

「ああ、ムリ、ムリ。勝負する度胸なんてないよな」

侮辱《ぶじょく》された三Bたちは、身を乗り出して金八先生をにらんでいる。

「勝負する度胸、ないのかっ」

金八先生が一喝《いっかつ》すると、ガターンと椅子《いす》を蹴《け》って直明が立ち上がった。

「勝負、受けて立ちます！　受けて立ってやりますよ！」

次々と、皆が立ち上がった。伸太郎だけが、金八先生を見据《みす》えて椅子にふんぞりかえったままだ。

「伸太郎！」

「立てよ、伸太郎！」

皆に急《せ》かされても、伸太郎は座《すわ》ったままだ。

「おい、担任、一等賞をとったらどうするよ?」

金八先生はわざと笑いながら答えた。

「無理だって。だって、ソーラン節っていうのは、たった一人欠けてもだめなんですよ。三〇人がしっかり団結《だんけつ》しないと踊れない踊りなんですよ。無理、無理。だってほら、もうすでに一人逃げ出している人がいるじゃないですか」

そう言って、金八先生は教壇《きょうだん》からまっすぐに伸太郎を指さした。

「一等とったら、どうする！」

「そのときは、伸太郎さんに頭下《さ》げますよ」

「よし、やってやるよ！」

伸太郎が勢いよく立ち上がって、前へ出てきた。

「はい、みごと踊れたら伸太郎さんのおかげ、踊れなかったら担任の身から出たさび。

坂本金八、そのときはきっちり謝ります」

「その言葉忘れんなっ！　さびだらけにしてやろうぜ」

「踊ってやろうじゃないか！　負けてたまるか」

「先生！　それで一等とったら、私たちの勝ちだよ」

三Bたちの声を聞いて、金八先生は胸が熱くなったが、それを隠《かく》して、なおもあおった。

「ああ、一等が取れるもんならな」

「真佐人《まさと》！　半纏《はんてん》とってこい！」

仲間の声で、真佐人は金八先生の前に立ち、両手を差し出した。金八先生がその手に半纏をのせてやると、真佐人は、すみませんでしたと言って頭を下げた。


それから、三Bたちの周囲を巻き込んでの猛練習がはじまった。遠藤先生のほかに、元三Bの先輩たちが、日替《ひが》わりのローテーションを組んで指導に来た。ソーラン節は見た目以上に体力を使う踊りだ。体の硬《かた》い生徒は、深く屈伸《くっしん》するだけでも最初は悲鳴をあげた。けれど毎日、朝練と放課後の居残《いのこ》り練習を続け、だんだん踊りにキレが出てくると、三Bたちは手ごたえを感じて、いっそう練習に没頭《ぼっとう》した。

一日一日が勝負だった。日が暮れると、仲太郎の家の鉄工所を借りて練習した。三Bたちの頭の中では、朝から晩までソーラン節のメロディーが鳴り響いていた。皆の息がぴったりあって、満足のいくソーラン節ができあがったのは、文化祭の三日前だった。

突然、サンビーズたちが、新しい振りを入れたいと言い出した。自分たちのソーラン節を伝えるために、ずっと練習に参加してきた先輩の信太《のぶた》や美紀《みき》たちは仰天《ぎょうてん》した。

「おまえら、せっかく仕上がったソーランをごった煮《に》にする気かよ」

「いえ、さらに発展させたいんです。これは、坂本先生と僕らの勝負なんです。先輩たちに協力してもらって出来上がったソーランだけで勝負に臨《のぞ》むのは、先生に申しわけないような気がして」

リーダー格の直明《なおあき》は、本気だった。

「ちがう振りを入れることによって、せっかくのバランスが崩《くず》れるかもしれない。けど、俺たちで作ったソーランをみんなに見てもらいたいんだ。失敗したら、責任をとります」

サンビーズの熱意に負けて、OBが折れると、三Bたちは歓声《かんせい》をあげた。それから、新ソーランの振りつけがはじまった。新ソーランはサンビーズの得意なステップをいくつか取りこんで、いっそうスピード感のあるソーランへと変貌《へんぼう》をとげたが、最後の締《し》めが今ひとつだ。

「うーん、どうせならここでバック宙《ちゅう》が入ればなあ」

直明のつぶやきにみなが賛成だが、サンビーズのメンバーのバック宙では、成功の確率が低い。失敗すれば、全体がぶち壊《こわ》しだ。皆《みな》、二の足をふんでいると、康二郎《こうじろう》がはっとしてしゅうを見た。

「そうだ。しゅう、おまえ、やれ」

「しゅう、出来るの?」

皆の視線が集まって、しゅうの頬《ほお》が紅潮《こうちょう》した。

「できるって。こいつ、小学校のとき、体操部でピョンピョン跳《と》んでたんだ」

「やってみろよ、しゅう」

「がんばって」

しゅうは、身をかがめると、全身をバネにして跳んだ。見事《みごと》なバック宙だ。わーっと歓声を浴《あ》びるしゅうの顔に、はじめて少年らしい笑顔がもどってきた。

これで、新三Bのソーランは完成だ。ずっと、先頭に立って皆を引っぱってきた直明は、くるりと振り向くときっぱり宣言した。

「おれの代《か》わりに、センターには伸太郎を置きたいんだ」

皆がどよめく。あわてたのは伸太郎だ。伸太郎はクラスを引っぱると同時に、クラスをひっかきまわす、いわばネガティヴなリーダーだ。憎《にく》まれ口《ぐち》や茶々《ちゃちゃ》を入れることに関しては、ほとんど天才的だが、積極的にまとめ役を買って出たことはない。しかし、金八先生との勝負なら伸太郎をセンターに据《す》えなければ、という直明の決心は固《かた》かった。

「俺は後ろから、こいつが妙《みょう》なことをしないように監視《かんし》しときたいんだ」

「最前列《さいぜんれつ》の真ん中……」

伸太郎はつばをごくりと飲みこんだ。

前日の夕方、三Bたちは元三Bたちにお礼を言うと同時に祝福《しゅくふく》を受け、金八先生との勝負に勝つと約束した。三〇人全員の胸に気合《きあい》がみなぎっていた。

当日の朝早く、三Bたちは全員で体育館の舞台を見にきた。ホールには整然と椅子《いす》が並べられているせいか、いつもよりもずっと奥行《おくゆ》きがあるように見える。前方には白いクロスのかかった審査員席が設《もう》けられている。重々《おもおも》しい赤いカーテンにふちどられた舞台を見上げて、伸太郎の胸は早鐘《はやがね》のように鳴った。

「伸太郎、ビビるなよ」

直明が後ろから背中をたたいた。

「バ、バカヤロ。こ、こんな小せえところで、なんでビビんだよ」

そう答えた伸太郎の声はこころなしかかすれている。

「しゅう、俺たちがついてる。着地なんかこわがらないで高く跳《と》べ」

「うん、思い切りやるよ」

しゅうは自分をサポートする直明らに力強くうなずいた。

オープニングが始まる頃には、華やかに飾りつけられた校門を続々と保護者や地域の人たちがくぐってやってきた。ケアセンターのお年寄りの姿や、ベビーカーを押した花子先生の姿も見える。

乙女は介護《かいご》ボランティアをしている養護学校の生徒たちにソーラン節を見せてやりたいと、金八先生から和田教育長に話を通してもらっていた。幸作は、乙女がいつも話している牧場主のせがれという人をひと目見たい。養護学校のバスが校門に着くのを待《ま》ち構《かま》えていた。青木先生ともう一人の教諭、宮島先生を取り違《ちが》えた幸作は、介護を手伝いながら、宮島先生に愛想《あいそう》をふりまいていた。

こうして、三年生のプログラムがはじまるころには、体育館は生徒と教師たち、保護者、ケアセンターのお年寄りたち、養護学校の生徒たち、ソーランを手伝った卒業生たちなどで立ち見も出るくらい、体育館はいっぱいだった。

三Aの美しいコーラスが終わると、次はいよいよ三Bのソーランだ。客席の金八先生は緊張のあまり、舞台の幕《まく》を見つめたまま、隣りの花子先生が話しかけるのにも気づかないくらいだった。

その幕の裏側では、半纏《はんてん》に鉢巻《はちまき》で正装《せいそう》した三Bたちは円《まる》くなってしっかりと手を組んだ。

「いくぞ、魂で踊るんだ！　打倒《だとう》、坂本金八！」

「おう！」

直明の掛け声にあわせて皆が力いっぱい叫ぶ。それぞれの立ち位置につきながら、直明は朝から口数《くちかず》の少ない伸太郎に声をかけた。

「伸太郎。かまえの掛け声を忘れるなよ、あれが音の合図《あいず》になってるんだ」

「ああ」

伸太郎は荒い息とともに返事を吐き出した。

幕があくと、人の海となった客席から波のような拍手《はくしゅ》が押し寄せてきた。仲太郎はその海へ出る船の舳先《へさき》に立っている。舞台袖《ぶたいそで》でたかれたスモークに真っ白な照明が反射して、目がくらむ。仲太郎の頭の中も真っ白になった。

まうしろにいる浩美《ひろみ》が、ささやき声で仲太郎に呼びかけるが、仲太郎の耳には入らないようだ。拍手の波がだんだん引いていく。それとともに客席にかすかにざわめきが起こっている。金八先生は、中央で仁王立《におうだ》ちになっている仲太郎のこわばった顔を見た。ぎゅっと握られた仲太郎の手がぶるぶるふるえている。

金八先生はとっさに席を立って、客席中央の通路に出た。体育館のど真ん中、仲太郎と対峙《たいじ》する形で立った金八先生は、大きく息を吸うと、仲太郎を見つめ、腹の底から叫んだ。

「仲太郎！　勝負だ！」

瞬時《しゅんじ》に仲太郎の目に生気《せいき》と負けん気が戻ってきた。

「うっしゃー、かまえ！」

ざっと音をたてて、全員が低く身構《みがま》える。音楽が流れて、そこからは気迫《きはく》の三Bソーランだ。三Bたちは観客全員を荒々しい波の中に呑《の》み込んでいった。養護学校の生徒たちが体をゆらして一緒に踊り始める。次第《しだい》次第に客席の掛け声が大きくなり、終わりにさしか

会場を歓喜と興奮の渦につつんだ三Ｂのソーラン。精いっぱい踊りきった三Ｂたちの顔は汗と涙でグチャグチャ。はじめて三Ｂがひとつになった瞬間だった。

かる頃には、総立《そうだ》ちの観客の声が体育館を揺《ゆ》らすかと思われた。フィナーレで、スポットライトを浴びたしゅうのバック宙《ちゅう》がピタリと決まると、ポッカリ空いた光の輪の中に、さり気なく誘導されたヤヨがスッとおさまって笑顔を見せた。

「せーの！」

次の瞬間、三Ｂの三〇人全員が一人も欠けることなくポーズを決めて、舞台は一つの絵になった。わっと拍手がおこる。

客席では昌恵が三Ｂに溶《と》け込んだヤヨの姿を見て、あふれる涙を手の甲《こう》でぬぐっていた。踊り終えた三Ｂたちの顔にも、涙がつたっていた。

幕《まく》が引かれると、三Ｂたちは精いっぱい

踊りきった興奮と感動で、涙でグチャグチャになりながら抱き合った。真っ先に泣いたのは伸太郎だった。ようやく、三Bがひとつになった瞬間だった。

今年の文化祭は校長の意向《いこう》で等級《とうきゅう》がなくなったが、予想ではビリと言われていた三Bのソーランはみごと敢闘賞《かんとうしょう》を受賞した。

敢闘賞の賞状を振りかざし、三Bたちは飛び跳《は》ねながら教室へ戻った。喜びをかみしめているところに、金八先生が入ってくると、皆は約束を思い出し、神妙《しんみょう》な顔で席についた。金八先生は満足そうな笑顔で、三Bたちを眺《なが》め渡すと、パッと頭を下《さ》げて言った。

「勝負は私の負けです。敢闘賞、おめでとう！　どうも、すみませんでした！」

三Bたちの瞳《ひとみ》にふたたび涙があふれ出てきた。

「ありがとう、先生！」

「ソーラン節、ありがとうございました」

あれほどまでに勝負にこだわっていたことを忘れ、三Bたちの口からは自然とお礼の言葉がこぼれ出た。金八先生はまぶしそうに、生徒たちの顔を見ていた。

「君たちは二度、私を裏切りました。一度は、しまりのない、ゆるみっぱなしの三Bとして。もう一度は、りりしく美しいソーラン節を踊ることによって、みんなを感動させました。君たちは、みごとです」

くすぐったそうな三Bたちの笑顔が全員そろって、金八先生に向けられている。

「それにしても、しゅうが、最後にみごとなバック宙を決めて、あれには本当にびっくりしました」

「しゅうは、やれば出来る子なの」

舞子《まいこ》は自分のことのようにうれしそうだった。

「うん、そうだね。今度のことでそれが本当によくわかりました。なあ、しゅう」

「はい」

屈託《くったく》のないしゅうの笑顔を、金八先生は今日はじめて目にした。そして、そんなしゅうを引き出すことのできた集団の力に感嘆《かんたん》した。

「私がいちばんうれしかったのは、みんながソーラン節の輪の中にちゃんとヤヨを入れてくれたことです。ヤヨも参加して、実にみごとなソーラン節の一致団結《いっちだんけつ》でした。それを見せてもらっただけで、勝利はきみたちのものだと思います。みなさんに申し上げることはただひとつです。ほんとうに、よくやりました。おめでとう！」

真佐人《まさと》が涙にうるんだ瞳《ひとみ》で、金八先生に言った。

「ぼく、夢中で踊ってたら、勝ち負けなんかどっかに行っちゃった感じ……です」

「私も」

「僕も」

口ぐちに共感の声がする。直明《なおあき》が立ち上がった。

「先生、今度の勝負、引き分けでどうですか？」

「引き分け？」

「ぼくたちはぼくたちの敢闘《かんとう》スピリッツを評価してもらっただけでなく、みんなでひとつになって踊れた。だから、先生とは引き分けだ。みんな！　それでどうだ！」

「異議《いぎ》なーし！」

「伸太郎、いいだろう？」

直明の問いに、伸太郎は顔をそむけて言った。

「うーん、どうかなあ」

金八先生は机の間の通路を歩いていって、伸太郎の前に立った。

「いいよ、いいよ。約束だもんな。伸太郎、このとおり」

謝ろうとする金八先生から、仲太郎は怒ったように、顔をそむけた。

「もういいよ！　やめろよ！」

なおも金八先生が約束を果《は》たそうとすると、仲太郎は顔を隠《かく》して教室から走り出た。泣き顔を見られたくなかったのである。仲太郎はそのまま、廊下《ろうか》の流《なが》し場《ば》に走っていった。

「ああ、トイレの前の水はいいなあ！　つめてえ！」

照《て》れ隠しに頭からじゃぶじゃぶ水をかぶる仲太郎を、金八先生は微笑《ほほえ》みながら見つめていた。

帰り道、しゅうがいつものように一人で歩いていると、後ろから呼び声がして、サンビーズが追いかけてきた。

「しゅう、なんで声をかけないで行っちゃうんだよ」

そういって、康二郎《こうじろう》と直明は両側からしゅうに肩《かた》をくんできた。しゅうの胸をなんともいえない暖《あたた》かさが満《み》たしていった。

3年B組 金八先生 スタッフ＝キャスト

◆スタッフ

原作・脚本	小山内美江子
音楽	城之内　ミサ
プロデューサー	柳井　満
演出	福澤　克雄
	三城　真一
	加藤　新

主題歌「初恋のいた場所」：作詞・武田鉄矢／作曲・千葉和臣／
編曲・若草　恵／唄・海援隊

制作著作――ＴＢＳ

◆キャスト

坂本　金八	武田　鉄矢	大森巡査	鈴木　正幸
〃　乙女	星野　真里	安井病院長	柴　俊夫
〃　幸作	佐野　泰臣	和田教育長	長谷川哲夫
千田校長	木場　勝己	道政　利行	山木　正義
国井美代子（教頭）	茅島　成美	〃　明子	大川　明子
乾　友彦（数学）	森田　順平	狩野伸太郎	濱田　岳
北　尚明（社会）	金田　明夫	園上　征幸	平　慶翔
遠藤　達也（理科）	山崎銀之丞	丸山しゅう	八乙女　光
小田切　誠（英語）	深江　卓次	丸山　光代	萩尾みどり
本田　知美（養護）	高畑　淳子	飯島　弥生	岩田さゆり
八木　宏美（音楽）	城之内ミサ	飯島　昌恵	五十嵐めぐみ
小林　花子（家庭）	小西　美帆	田中センター長	堀内　正美
小林　昌義（楓中学）	黒川　恭佑	乾　英子	原　日出子
シルビア（AET）	マリエム・マサリ	青木　圭吾	加藤　隆之

◆放送

ＴＢＳテレビ系　2004年10月15日（21時～22時54分）
10月22日・29日・11月５日・12日（22時～22時54分）

●高文研ホームページ・アドレス
http://www.koubunken.co.jp
●ＴＢＳ・金八先生ホームページ・アドレス
http://www.tbs.co.jp/kinpachi

3年B組
金八先生　光と影の祭り

◆2005年１月７日――――――第１刷発行

著者／小《お》山《さ》内《ない》美《み》江《え》子《こ》

出版企画／㈱ＴＢＳテレビ事業本部コンテンツ事務局
カバー・本文写真／ＴＢＳ提供
装丁／商業デザインセンター・松田礼一

発行所／株式会社　高文研
〒101-0064　東京都千代田区猿楽町2-1-8
☎03-3295-3415　Fax 03-3295-3417
振替　00160-6-18956

組版／Web D（ウェブディー）
印刷・製本／三省堂印刷株式会社
★乱丁・落丁本は送料当社負担でお取り替えいたします。

ISBN4-87498-336-7　C0093